獅口虎橋

獄中手稿（三）

私藏銅琛．汪精衛批註陶淵明集

書評讚譽

僅只一人的事跡和資料，卻足以讓我們跳脫傳統視野，
對近代中國的歷史經驗得到嶄新的認識。

美國聖邁可學院歷史學系榮譽退休教授　王克文

這套歷史文獻，見證了一個民族主義與和平主義
的信仰者，在天翻地覆的大時代裡，曲折離奇
的救亡經驗。它是認識汪精衛，也是理解這個時代
特質不可或缺的材料。

前東海大學文學院院長　丘為君

非歷史學家左湊右湊的「證據」，它是一手資料，
研究近代史的人都要看這套書不可！

《春秋》雜誌撰稿人、歷史學者　李龍鑣

為華文世界和大中華文化圈的利益計，
這套書值得我們一讀。

著名傳媒人　陶傑

過往對汪精衛的歷史評論，多數淪為政治鬥爭的宣傳工具，有失真實。汪精衛一生：有才有情，有得有失，有勇有謀，有功有過。記載任何歷史人物必須正反並陳，並以《人民史觀》為標準。基此原則，汪精衛的歷史定位，有必要重新檢視，客觀定論，一切從這套書起。

歷史學者　潘邦正

這套書非常適合歷史研究者閱讀，這無須多言，更重要的是，書中呈現的不只是政治家的汪精衛，還是一個活生生的人，有笑、有淚、有感情、有情趣。

文獻學博士　梁基永

從學術嚴謹的角度來看這套書，有百分之二百的價值。

東華大學歷史學系副教授　許育銘

這套書最重要的意義在於讓一個歷史人物可以在應該有的位置，讓他的著作可以被重視、被閱讀、被理解，讓我們更貼近歷史，還原真相。

國立臺灣師範大學歷史學系教授　陳登武

研究汪精衛不可或缺的資料！

三聯書店出版經理　梁偉基

這六冊巨著是研究汪精衛近年來罕見的重要
史料，還原了一個真的汪精衛。

《亞洲週刊》記者　黃宇翔

這套書為我們提供了研究汪精衛的珍貴資料，
包括自傳草稿、私人書信、政治論述、
詩詞手稿、生活點滴、至親回憶等，其中有不少是從未面世
的。閱讀這套書可以讓我們確切瞭解他的人生態度、
感情世界、政治思想、詩詞造詣，
從而重新認識他的本來面目。

珠海學院文學與社會科學院院長　鄧昭祺

不管對有年紀或是年輕的人來說，
閱讀這套書都是很好的吸收與體會。

時報文化董事長　趙政岷

汪精衛與現代中國系列叢書 10

獅口虎橋

獄中手稿（三）

陳璧君

私藏詞選・汪精衛批註陶淵明集

八荒圖書
EIGHT CORNERS BOOKS

汪精衛與現代中國系列叢書 10

獅口虎橋 獄中手稿（三）

陳璧君

私藏詞選・汪精衛批註陶淵明集

國家圖書館出版品預行編目(CIP)資料

獅口虎橋獄中手稿 = Prison writings by members of the Wang Jingwei regime / 何重嘉執行主編. -- 初版. -- 新北市：華漢電腦排版有限公司, 2024.07
冊；　公分. --(汪精衛與現代中國系列叢書；10)

ISBN 978-626-98466-0-3 (全套：平裝)

830.86　　113007955

Prison Writings by Members of the Wang Jingwei Regime III

執行主編 — 何重嘉
編　　輯 — 朱安培
設計製作 — 八荒製作 EIGHT CORNERS PRODUCTIONS, LLC
台灣出版 — 華漢電腦排版有限公司
地　　址 — 新北市板橋區明德街一巷12號二樓
電　　話 — 02-29656730
傳　　真 — 02-29656776
電子信箱 — huahan.huahan@msa.hinet.net
初版一刷：2024年7月
ISBN：978-626-98466-0-3（全套：平裝）
定價：NT$2500（四冊不分售）

本著作台灣地區繁體中文版，由八荒圖書授權華漢電腦排版有限公司獨家出版。
代理經銷：白象文化事業有限公司
地址：401 台中市東區和平街228巷44號
電話：04-22208589

eightcornersbooks.com | wangjingwei.org

汪精衛紀念託管會獻給何孟恆與汪文惺

目錄

前言

一別匆匆劇可哀•挑燈懷舊望鄉台•
蟲聲聒耳如相妒•為恐精魂入夢來•
傲骨丹心照汗青•傳來慘語淚同傾•
天涯莫問憂多少•細數繁星礙月明•

陳璧君

代序｜陳登武

「青史憑誰定是非」？

影響我們評價歷史人物的因素很多，但一般人似乎不一定注意到。

「青史憑誰定是非」是林則徐的詩句，也是他畢生無限的感慨。

道光廿三年（一八四三），中英鴉片戰爭之後三年，南京條約換約後，朝廷首先釋放和林則徐一起充軍新疆的鄧廷楨。鄧廷楨啓行前，林則徐贈詩說：「白頭到此同休戚，青史憑誰定是非」？說的是他在鴉片戰爭之後被充軍謫貶，他認為是遭到誣陷的往事，但他相信歷史不一定是誰說了算。

「青史憑誰定是非」？評價歷史人物，的確不容易。對於林則徐而言，他感到滿腹委屈，可說是真情流露。如今他已得到極為崇高的民族英雄的封號，歷史應該給他公道了。但是琦善呢？那個去接他的位子，繼續與英國周旋的官員呢？因為他「主和」以及批評林則徐的態度，早已成為世人唾罵的「漢奸」、「賣國賊」。過去許多教科書命題時，甚至會出現：「請敍述琦善賣國之經過」，類似這樣充滿價值判斷的題目。問題是：這樣就把是非說清楚了嗎？

找一個代罪羔羊，為民族屈辱的歷史，承擔起所有的責任，遠比深自檢討反省，徹底覺悟，還要承認與西方世界的落差，來得容易多了！偏偏歷史是非不是那麼容易就說的清楚。學者兼外交官蔣廷黻檢討琦善的表現，認為他在軍事方面，「無可稱讚，亦無可責備」。但是在外交方面，「他實在是遠超時人。因為他審查中外強弱的形勢和權衡厲害的輕重，遠在時人之上」，他還說林則徐「於中外的形勢實不及琦善那樣的明白」，這個評論恐怕還是比較中肯的。

把林則徐說成「忠臣」，琦善是「奸臣」，這種簡便的「忠奸二分法」，就是影響我們評價歷史人物的其中一個障礙。

有人說一部二十四史不過是爭奪政權的歷史，「成者為王、敗者為寇」，被視為千古不變的定律。大多數人讀史都知道「成王敗寇」的原理，卻未必願意以此原則仔細檢驗對於歷史人物的評價。例如說：既然許多人都同意這條準則，也就是同意它會造成評價歷史人物的干擾。可是，「亡國者就是暴君」，卻又時時籠罩在人們的記憶裡。「紂王」就是最典型的「亡國暴君」。正因為他是「暴君」，所以得到「亡國」的歷史命運。

但是「紂王」真有如史書所描寫的那麼壞嗎？

其實古代就已經有很多人不相信了。譬如，孔子弟子子貢就說：「紂之不善，不如是之甚也！是以君子惡居下流，天下之惡皆歸焉」。荀子評論桀紂也說：「身死國亡，為天下大僇，後世言惡則必稽焉」。對於商周之間的史事，孟子也說：「盡信書，則不如無書，吾於武成，取二三策而已矣」。由此可知，「成王敗寇」是深深影響我們對歷史人物評價的另一個重要原因。

還有一個容易產生影響歷史人物評價的思想，就是民族主義的情感。

從民族主義的立場出發，就會產生許多道德的罪名。譬如說：將某些人視為漢奸、走狗，就是帶有濃烈民族主義立場的評價。美國歷史家小施勒辛格（Arthur M. Schlesinger）說：「陷於狂熱的人們總是要把『高尚的謊言』與現實混為一談。民族主義對世界的敗壞就是一個發人深思的例子」。他對於民族主義對歷史書寫產生的影響，有相當強烈的批判。

帶著民族主義的情感檢驗歷史人物或事件，於是凡合於民族主義精神者，就是好人、好朝代；凡悖離民族主義精神者，就是壞人、壞朝代。類似的思維就呈現在各種教科書中。

但這些都符合歷史事實嗎？真正歷史學研究的答案可能未必都如此！

還有一個影響歷史人物評價的因素，就是因為時間或者空間而產生的距離感。何以言之？其實就是個人的主觀態度和政治壓力所造成的恐懼。

人們對於距離近的人，特別是同時代的人，容易帶著個人情感或立場，評斷某個人物；好惡的感受也比較強。同時，對於這種距離當下較「近」的人的評價，也比較容易引起不同意見。因為人人心中都有一把尺，再加上錯綜複雜的政治因素，也會影響人們對當下人物看法的分歧。但是，當評價一個更久遠的歷史人物時，這項因素的影響力就會遞減。

同樣的問題，因為空間所產生的距離感，也會造成影響。譬如：台灣學界對於歐洲或者美國某個歷史人物的評價，比較不會引起太多分歧的看法。如果有，大致也比較可以讓問題回到屬於學理的客觀討論。但如果對於台灣歷史人物的評價，可能又會很容易引起不同意見。這是空間的距離所產生的個人主觀意識。

以上所有影響我們評價歷史人物的因素，尤其適用於近代中國歷史人物，因為受到更多這些因素的影響，而使得許多歷史落入迷團，不易看的清楚，當事人固然無由為自己講話；即使相關親屬家人，也往往只能噤聲不語。其中對於汪精衛和他身邊的人的評價，尤其受到這些因素的影響，使得許多史實迄今仍在重重雲霧之中，想要撥開雲霧，就需要仰賴更多史料作理性的分析與討論。

《獅口虎橋獄中手稿》正是這樣一本具有史料價值與意義的書籍。

本書彙集了汪精衛女婿何孟恆所收藏的汪政權相關人物未刊文稿。這些文稿，無論是詩詞選讀、謄抄或創作，抑或文集眉批，其中或表心境、或舒情懷、或藏幽思、或有寄託、或含微言，均可以作為第一手史料研究，具有極高史料價值。

試舉一例說明：本書第二冊有汪精衛讀《陶淵明集》的眉批，其中有「讀陶詩」，似為總論其觀點：

陶淵明詩高出古今，讀其詩者慕其人，因之其出處亦加詳寫。以愚論之，淵明於劉裕初平桓玄之際，欣然有用世之志，《乙巳歲三月為建威參軍使都經錢溪》詩云：「晨夕看山川，事事悉如昔」；又云：「眷彼品物存，義風都未隔」。趙泉山謂：「此詩大旨，在慶遇安帝克復大業，不失故物也」，斯言得之。及其見裕，充鄙夫之心，患得患失，無所不至，始決然棄去，抗節以終，讀史述〈夷齊〉、〈箕子〉兩首，心事最為明白。五臣以下所論皆知其一，未知其二。即全謝山之推崇宋武，亦有所偏也，因作此詩：

寄奴人中龍，崛起自布衣。伯仲視劉季，功更在攘夷。嗟哉大道隱，天下遂為私。坐令耿介士，棄之忽如遺。參軍始一作，彭澤終言歸。豈為恥折腰？恥與素心違。世無管夷吾，左衽良可悲！若無魯仲連，何以張國維？

讀史者或應知道陶淵明本身就是一個特殊的歷史人物，他的詩歌「類多悼國、傷時、感諷之語」（此亦借趙泉山語），汪精衛選擇批注其詩文，當亦有所寄託。其不同意諸家解說，乃至失望於全祖望之偏袒劉裕，似皆深有感觸而發，此段眉批顯然透露不少深刻訊息；其所作詩歌，更隱含微言。倘「夷」即指日本，則寄奴（即劉裕）暗指何人？就躍然紙上，不言而喻。那麼這段文字對於想瞭解汪精衛思想或心路歷程之人而言，自然值得細究，當然有很高的史料價值。

從歷史學的觀點說，本書最重要的意義即在此。即便是選取某若干詩詞，僅僅加以抄寫、謄錄，或都有其深意。讀者倘能不以成敗論英雄，取其一二讀之，亦當有所體會，自然能走入不同的歷史世界。對於有興趣研究這段歷史的學者而言，更不能不重視此一史料之價值。

陳登武，台灣師範大學歷史研究所博士。國立台灣師範大學歷史學系教授、文學院前院長，現任中國法制史學會理事長。專攻中國法制史、中國中古史、唐代文學與法律。著有《地獄·法律·人間秩序：中古中國宗教、社會與國家》等。

導讀|黎智豐

1945 年 11 月至 1947 年 10 月期間，國民政府組織特別法庭以「漢奸」罪名起訴超過 30,000 人，其中被判死刑或無期徒刑者則超過 1,000 人[1]。歷史洪流只會如此把每一個人約化為數字，但是我們應該緊記他們都是有血有肉的人，而且有很多受刑者更是社會各界的翹楚精英。不論古今，我們仍見證著政治風波不斷發生，而政治犯在牢獄之中的筆墨往往最能揭示容易被人遺忘的真相。

本書集結了 1945 年中日戰爭結束後，在南京老虎橋和蘇州獅口監獄中所寫的手稿作品。一眾作者因與汪精衛政權相關而遭受監禁，主張和平運動的各界精英獄中相見，並在艱難時刻撰作酬答書信、詩詞作品，乃至發表文論見解、編纂私人選集。如此種種，獄中發憤，必蘊真情。如今讀者幸從何孟恆先生珍藏，得見一眾作者的獄中手稿，可以從中窺見大時代下的部分寫實記錄。

根據《何孟恆雲煙散憶》[2] 回憶錄形容老虎橋監獄的情形，其親身經驗相信最能作為讀者閱讀本書的情境想像，其言：

> 要排遣此中歲月，最有效的莫如讀書。於是整座老虎橋監獄的氣氛變得彷如黌宮，到處都是讀書聲。尤其是日落黃昏之時，低聲吟哦，高聲朗誦，內容遍及古今中外，諸子百家，駢散文章，詩詞歌賦，無不包涵。獄中讀書，本屬常見，沒有甚麼特別，可是偌大的一座監牢，一時充滿讀書人士，想來這種情形以前未曾有過，以後怕也未必會再出現罷。

---

1 孟國祥、程堂發，《懲治漢奸工作概述》，《民國檔案》1994年第2期：1945年11月至1947年10月，各省市法院審判漢奸結案25155件，判處死刑369人，無期徒刑979人，有期徒刑13570人，罰款14人。楊天石，《伸張國法的歷史嚴懲——抗戰勝利後對漢奸的審判》，《人民法院報》2015年9月11日：至1946年10月，國民政府共起訴漢奸30185人，其中判處死刑者369人，判處無期徒刑者979人，有期徒刑者13570人。至1947年底，起訴人數增至30828人，科刑人數增至15391人。此外，由於中共解放區也同時進行了大量的懲奸活動，因此實際受到審判和懲處的漢奸，大大超過此數。

2 關於何孟恆獄中經歷，詳細請參看汪精衛紀念託管會編，《何孟恆雲煙散憶》增訂本（台北：華漢出版，2024年）第十八章〈樊籠〉。

以上所見雖然未必就是史上唯一，同時今日所見僅為何孟恆所藏的極少部分，相信仍有大量創作已不復見，但也堪謂孕育「監獄文學」的奇觀。監獄嚴酷的環境下，文學作品不僅是受刑者在牢籠中的心聲吶喊，而對於汪政權下抱有「和平自強」理想的眾人來說，更是在壓迫環境下堅定情志的體現。無論讀者抱持何種歷史詮釋的觀點，也應該聆聽在強權下近乎失聲的獄中迴響，相信這種多元的歷史材料有助我們更為公允地作出歷史判斷。

《獅口虎橋獄中手稿》是次單行出版，即在 2019 年《叢書》版本[3]的基礎上再作補充，包括增補周作人《老虎橋襍詩》、韋乃綸《拘幽吟草》等內容，並且分為四冊刊行。以下淺述說明其特點與價值，以供大眾讀者參考：

第一冊

第一冊所載為詞學家龍榆生贈予何孟恆的《倚聲學》手稿，其中分為「悲壯之音」與「悽婉之音」兩大部分，主要內容為討論詞牌體式的變體，以及填詞相關注意事項。《倚聲學》草稿的刊行，不單有助我們理解龍榆生與汪精衛家族的關係，或是龍榆生在獄中創作的艱難，更能讓研究者進一步認知龍榆生詞學觀點的變化。歷來龍榆生詞學理論研究，大多以《倚聲學》指稱龍榆生於 1961 年應上海戲劇學院之邀開課的《詞學十講》講稿，此一講稿的副題即為「倚聲學」。然而，早在 1946 年身處蘇州獅子口監獄，龍榆生已有取名「倚聲學」的著作，並且期望作為詞家與創製新體歌詞者的參考讀物。

若然把《倚聲學》手稿與《詞學十講》作簡單對照，大體可與《詞學十講》的第四講「論句度長短與表情關係」當中「鬱勃激越的曲調」與「流麗和婉的

3 2019年由汪精衛紀念託管會編，時報文化出版《汪精衛與現代中國》，系列有《汪精衛詩詞新編》、《汪精衛生平與理念》、《汪精衛南社詩話》、《汪精衛政治論述》，《獅口虎橋獄中寫作》，和《何孟恆雲煙散憶》，首度公開諸多親筆手稿。

曲調」兩部分相應，強調詞體結構與情感表達之關係。相對於龍榆生 1933 年開始創刊的《詞學季刊》、《同聲月刊》，以及 1961 年代表晚年大成的《詞學十講》講稿，《倚聲學》手稿的刊行或能填補龍榆生詞學理論建構之過程，誠為理解二十世紀現代詞學的重要文獻。

值得注意的是，龍榆生在獄中依然堅持詞學理論的建構，並非僅為排解苦悶，聊作詞論。龍榆生於 1942 年的《真知學報》撰文提出「創製富有新思想、新題材、而能表現我國國民性之歌詞」、「促成新國樂之建樹，而完成繼往開來之大業」，其詞學研究之目的可謂「聲詞救國」，以期借助詞體當中音樂與文學的雙重感染力，成就再造新國樂的宏願。故此，讀者在閱讀龍榆生《倚聲學》手稿之時，亦宜在此脈絡下理解獄中詞論手稿的政治意義。

第二冊

第二冊所載為龍榆生分別為何孟恆、汪文惺選錄的《天風集》、《明月集》及其續篇，並有汪精衛與龍榆生批註的《靖節先生集》札記等。讀者或知汪精衛自幼好讀陶淵明集，頗有心得，既慕其山林之樂，又稱其志節之高，此均可以汪詩為證。然而，若想重回汪精衛的閱讀情境，則不能不從朱筆批註版本《靖節先生集》發端。

本冊所收《靖節先生集》不單有汪精衛、龍榆生兩位的批註，亦有何孟恆的註文補記，有助讀者還原汪精衛閱讀陶淵明集的感悟，體會汪氏所言「古今詩人，有博厚高明氣象者，唯陶公一人」之推崇，並得批註當中閱讀汪氏和詩，得見尚友古人的酬和。此外，龍榆生批註之於《靖節先生集》多有校訂，讀者在感受汪精衛的閱讀情境同時，也能注意兩人在討論陶詩時的治學嚴謹。

至於《天風集》、《明月集》及其續篇，讀者可以視之為龍榆生的私人選集，以作何孟恆、汪文惺的贈禮。龍榆生《唐宋名家詞選》被譽為「近世選本之冠」，其選篇之眼光足可信賴。《天風集》所選主要為宋代作品，作為何孟恆三十三歲的生日禮物，此一選本之對象及目的明確，或可視作龍榆生選予後輩精讀之作，讀者亦宜參考。《明月集》則以「清」之風格選歷代詞賦，以贈汪文悌，又得陳璧君新筆手錄，字體端正清晰，旁記標明平仄，便於初學者入門閱讀。上述私人選集兼具入門與精選的意義，相較公開刊印的選集更具情味，其價值之於今日讀者亦不可低估。

第三冊

第三冊所載為陳璧君在獄中撰寫的詩詞、書信，並有陳璧君抄錄汪精衛的五部詩詞集。陳璧君與汪精衛的夫妻感情深厚素為人知，此於汪詩多有所見，然陳璧君詩作則較少受注意。本冊所收〈懷四兄亦有自感〉一詩有云：

映雪囊螢願已賒，書生本色漫堪誇。
情深太傅過秦論，志切留侯博浪沙。
動靜久乖禪定味，推敲難得隔年花。
相逢何事悲搖落，如此良宵浣物華。

此詩深刻地表達了她對丈夫汪精衛（四兄）的思念，又對當時形勢抒發感慨之情。不單以張良、賈誼的典故讚揚汪精衛的情志，身在危難之中對其政治抱負表示支持，亦在感慨人生的無常的同時保持希望。除此以外，陳璧君手稿當中亦見「萬里長空浣物華」或「萬里長空著月華」的詩句修訂，從此窺見陳璧君在獄中創作過程的珍貴記錄。

陳璧君也把數冊汪精衛詩詞稿贈予後人及親友，以廣汪精衛詩詞的流傳。值得注意的是，陳璧君在被捕後被判無期徒刑，身處獄中極為虛弱，然其持續抄寫汪精衛詩詞足見其堅毅之心。對於今日讀者及研究者，陳璧君所抄汪詩則提供多個對校版本，有助理解汪精衛詩詞的不同面貌，尤其在後來刊印本良莠不齊，甚或收錄並非汪精衛的作品，更見陳璧君抄本的文獻價值。

第四冊

第四冊所載為因參與「和平運動」而入獄的各界重要人物之詩文作品，其中周作人《老虎橋襍詩》、章乃綸《拘幽吟草》等更為此次再作補充，而大部分手稿均在是次出版計劃首次收錄。除了龍榆生、周作人、江亢虎、陳璧君等著名人物，亦有其他南京國民政府時期的重要官員，如擔任立法院長兼上海市長的陳公博、擔任財政廳長的汪宗準、擔任高等法院院長的張孝琳、擔任教育廳長的章賦瀏等；以及頗有學術貢獻與藝術成就的各界專家，如身為生物學家的吳元滌、崑曲研究專業的高齊賢等，均值得讀者多作留意。

本冊除了眾人自撰詩詞，亦有謄錄前人作品，甚或界於兩者之間的詩詞改寫，以抒發各人在獄中的情感與交流。舉例而言，南京市長周學昌謄抄清代詩人吳雯「清宵珠斗望闌干」詩句，又改吳雯另一詩作以贈何孟恆，其云：

紅發東園梅，綠破西津柳。莫論眼前事，且酌花下酒。

氷魚不計錢，江橘嫩香手。風土致不惡，桑圃好為友。

昨夜春又寒，不知山雨驟。君家嶺南山，番禺在其右。

豫州種菜蔬。蓮落收蒲藕，故鄉好歲月。情景豈相負。

每到春雁來，還憶虎牢否？

此詩最後一句「還憶橫汾否？」改成「還憶虎牢否？」以貼合南京老虎橋監獄的情境，並且借作前人詩作訴說結友與惜別之情。讀者可以從相關詩作細味，眾人在獄中互勉共渡，又復不忘國事之志，將能躍然於紙上。

《獅口虎橋獄中手稿》不僅是對 1945 年以後那段動盪時期的文學作品，更是一組為我們呈現時代側面的珍貴歷史文獻，反映了整個時代的複雜與多樣。監獄文學大多具有顯著反映真實的特性，主要是因為多由親身經歷囚禁的作者創作。這些作品直接反映了作者在特定歷史時期的生活狀況和內心感受。由於作者們身處特殊的環境，他們的作品通常帶有強烈的真實感，使得讀者能夠更加深刻地體會到當時的社會環境和個人處境。這種文學作品不僅是對個人經歷的記錄，也反映了那個時代的廣闊背景。

對於文學、歷史的研究者而言，本書出版已經清晰地把相關材料公諸於世，後續研究則必俟來者進一步發掘，以還原時代之真貌。至於對大眾讀者而論，我相信透過閱讀這些獄中手稿，我們不僅能夠看到個體的苦難與堅持，更能深刻體會整個社會的發展脈絡。雖然這些手稿只是由少數人在艱難的環境下創作而成，而且可能只是當時 30,000 位受刑者極小部分的聲音，但這些手稿對於我們理解和認識民國歷史依然具有重大意義。

但願這些作品讓我們記住，歷史敘述背後的每一個故事都是某些人的真實經歷，他們的聲音值得我們細心聆聽、深入思考。

黎智豐，香港中文大學中國語言及文學系哲學博士，國科會人文社會科學研究中心國際訪問學人。專門研究先秦時期的古代文獻及其思想，曾於香港多間大專院校任教中國語文相關課程，現時繼續於網上舉辦文言、文化推廣課程。

編輯前言

1945年，日本投降，主張和平運動的汪精衛國民政府於8月16日宣告解散。戰後，一眾汪政權人物被冠上「漢奸」罪名入獄，分別被囚禁於南京老虎橋監獄與蘇州獅子口監獄。何孟恆作為女婿，亦與陳璧君在廣東一同被禁，並於老虎橋監獄服刑。兩年半後，何氏獲釋，同囚的眾人撰詩為他送行，出獄後，他又前往獅子口監獄探望陳璧君，並帶出了她與龍榆生等作品。

2019年汪精衛紀念託管會與時報文化發行《汪精衛與現代中國》系列叢書，其中一冊為《獅口虎橋獄中寫作》，把何孟恆珍藏已久的獄中手稿整理出版，俾汪政權諸人戰後的罕有紀錄得以存續，也讓讀者能更完整認識民國史。2024年本會在以往書籍基礎上，作進一步的增訂、補充，並彙編為《獅口虎橋獄中手稿》全四冊，不單收錄過往未有之手稿，更搜羅出獄中諸君的生平背景，兩相比照下，令讀者得覩中日戰爭落幕後鮮為人知的獄中文學。

《獅口虎橋獄中手稿》第三冊為汪精衛妻子陳璧君的作品，收錄其緬懷丈夫及記掛子女而寫的詩詞、書信手稿等。陳氏文學造詣不為人所知，其作品僅見於親友，如1937年汪精衛曾抄錄詞稿贈送何孟恆父母何秀峰、李凌霜夫婦，當中便附錄了夫人陳璧君從未示人的兩首詞作〈百字令〉（蘇州橫塘）、〈虞美人〉（憶家）[1]。汪精衛詩作〈代家書〉末句更是直接用上夫人舊句「數鴈天涯自一行」[2]，可見夫妻二人除國事上一致外，詩詞文學上亦有緊密交流。今次陳氏作品得以面世，乃研究其人，以至汪陳感情的珍貴記錄。

1 手稿見《汪精衛詩詞彙編》下冊（台北，華漢出版，2024），頁350–351。

2 全文見《汪精衛詩詞彙編》上冊（台北，華漢出版，2024），頁108。

本冊又收錄陳璧君抄寫「雙照樓」《小休集》、《掃葉集》、《雙照樓長短句》等五部作品，是研究「雙照樓」各種面貌、釐清各版異同不可或缺的一手史料，如汪詩〈十一月二十四日再過西湖〉，當中一句以往有版本寫作：「落水攢空有靜柯」，其中「水」字有誤，陳璧君手抄稿則寫作「木」字[3]，此與汪氏留傳下來的手稿[4]一致。

撇除汪精衛夫人身份，陳璧君生平不曾被好好紀錄過。大多敘述只流於表面，或有錯誤、曲解，如其父親陳耕荃之名常誤作陳耕基，或是她的出生地也未有弄清楚。在缺乏她親撰的書信、文件等一手史料下，撰寫陳璧君生平的人往往依賴謠言、猜測，甚至憑空揑造等，結果陳璧君形象淪為政治宣傳，偏離歷史真相。然而，陳氏非但是早期便投身革命的同志，更是民國鮮少擔任要職的女性政治人物，其一生絕非能以偏概全，一筆帶過。

為還原歷史真相，本冊附上陳璧君生平， 特別從各種一手史料，包括陳璧君、汪精衛的手稿、八弟陳昌祖、女兒汪文惺、女婿何孟恆的憶述、當時的報導，以至今日南洋（陳璧君出生於馬來亞）現存的史料上，通過各方比對、求證，以此整理出陳璧君從加入同盟會至南京國民政府時期之工作，包括教育、社福、公共建設、婦女權益等各方面鮮為人知的成果，以客觀的方式來呈現她的一生，讓讀者能更為立體認識這位活生生的歷史人物其人其事及其感情。

以下就本書的編輯凡例，略加說明：

一、特別附設釋文供讀者閱覽，文字一律依據原稿謄錄。

二、陳璧君「雙照樓」抄本皆以四張手稿一頁的排列方式，悉數展示。

---

3 手稿見本冊頁95。

4 手稿見《汪精衛詩詞彙編》下冊，頁113。

陳璧君（1891-1959）

作為汪精衛的妻子，陳璧君的歷史評價自然也充滿爭議性。這位出身在檳榔嶼富豪之家的大小姐，16歲時第一次見到隨同孫中山來南洋宣揚革命的汪精衛。性格剛毅的她，除了滿腔熱血地想為中國的革命貢獻心力，也被24歲的汪精衛翩翩風度與理想深深吸引，毅然地決定追隨汪精衛赴日留學，加入革命的陣營。在亂世之中，兩人發展出至死不渝的堅貞情感。從年輕時的革命活動，到後來經歷無數政壇的大風大浪，陳璧君總是在她暱稱為「四哥」的汪精衛身邊，無怨無悔的支持他。然而陳璧君不只是汪精衛的妻子，她還是六個孩子[1]的母親，國民黨自建黨以來重要的中堅人物。作為一個政治人物，除了投身社會公益活動，她在1940年代的南京政府期間致力於廣東的穩定與發展，多次與日人斡旋，留下不少建樹。我們希望重現那些曾被偏見所掩蓋甚至埋沒了的歷史真相，並以客觀的方式來呈現陳璧君的一生。

出生與童年

陳璧君，字冰如，原籍廣東省新會荷塘，在馬來亞檳榔嶼 Penang 出生[2]。父親陳耕荃少年時為窮秀才，前往南洋做工。若干年後攢有積蓄，於廣東尋覓內助到南洋成家。母親衛月朗（1869-1945），廣東番禺人，十餘歲時赴馬來亞與陳耕荃成親。在夫妻共同努力之下，事業有成，在南洋各地擁有樹膠園及錫礦場。衛氏生一子一女，長子繼祖，留學英國，成為律師。因陳耕荃在國內本有

1 汪精衛與陳璧君有六個孩子：汪文嬰、汪文惺、汪文彬、汪文恂、汪靖、汪文悌。

2 一說為馬來亞霹靂州太平鎮Taiping出生，惟據女婿何孟恆及陳家後人所說，應是出生於檳榔嶼（今稱檳城，簡稱檳州。）

妻室，並育有二子一女，是以繼祖行三，璧君為女行四。陳耕荃後更娶妾婦，子女眾多。其中陳耀祖（1892-1944）行五，留學美國，為粵漢鐵路工程師，後任廣東省長；八子陳昌祖（1904-1994），留學德國，空軍軍官，並曾任南京中央大學校長；五女緯君及七女淑君先後與譚熙鴻（1891-1956）結婚；八女舜貞為褚民誼（1884-1946）[3]之妻。陳璧君的母親衛月朗很疼她，幾乎到了溺愛的地步，也養成了她天不怕地不怕的傲氣。

陳璧君幼時上教會學校，學習英文等科目。陳耕荃重視子女教育，在家請了家教教授中文及詩書，陳璧君的中文便在此時打下基礎。

與汪精衛相識與加入同盟會

1906 年，汪精衛於日本法政大學畢業後，隨孫中山到南洋設立同盟會分會。1908 年，陳璧君在當時擔任同盟會檳榔嶼分會會長吳世榮（1875-1944）的芯蘭園中結識汪精衛。二人往來討論革命[4]，年僅 16 歲的陳璧君更深為汪精衛的儀表、魅力、想法及革命理想所吸引。同年與母親衛月朗一同前往新加坡謁見孫中

3 褚民誼，字重行，浙江人。同盟會會員，早年曾與李石曾、吳稚暉等無政府主義者接近，並從事教育工作，其妻陳舜貞為陳璧君之妹。1932年汪精衛任行政院長期間出任行政院秘書長，1940年在汪政府任行政院副院長兼外交部長。戰後被處決。

4 見汪精衛1910年2月15日致曾醒、方君瑛函，全信收錄於《汪精衛生平與理念》（台北：時報出版，2019），頁355–360。

暗殺小組部份成員（左起：汪精衛、衛月朗、曾醒、黎仲實、陳璧君、方君瑛）

山，成為同盟會會員[5]。繼而與訂有婚約的表哥梁宇皋（1888-1963）解除婚約，離家赴日本。雖然她年紀還輕，孫中山不但准許她參加同盟會活動，還特別派她在東京總部工作，又委託方君瑛（1884-1923）及曾醒（1882-1954）照顧她。[6] 在日期間，陳璧君和汪精衛朝夕相處，情感漸深，並與方君瑛、曾醒等人結為暱交。1909年他們與黃復生（1883-1948）、黎仲實（1886-1919）、喻培倫（1887-1911）組成暗殺小組，以暗殺滿清高官來振奮革命人心為主要目的。1910年，汪精衛與黃復生因謀刺攝政王未成被逮捕入獄，陳璧君與其母變賣首飾營救，此事亦記於汪氏獄中作〈金縷曲〉[7] 中，母女二人又多次捐款支持同盟會的各項活動。

5 見陳璧君〈我的母親〉，全文收錄於《汪精衛生平與理念》，頁520。

6 見方君璧1962年2月25日致何孟恆、汪文惺函，全信收錄於《汪精衛生平與理念》，頁441–464。

7 陳璧君手書〈金縷曲〉各版見本書頁40、70、90。

陳璧君與汪精衛的婚照

被捕前，汪精衛與陳璧君決定互托終身[8]。兩人分別寫了信給衛月朗（汪精衛後來在1935年以陳璧君之名寫了一篇〈我的母親〉，以感念衛月朗的諒解、慈愛與對革命事業的扶持[9]），汪精衛亦寫信給方君瑛與曾醒，表明兩人在赴死前願結為夫妻的心意[10]。汪精衛大難不死出獄之後，與陳璧君在民國元年（1912）4月於上海結婚，廣州補行婚禮，汪精衛時年29歲，陳璧君21歲，由胡漢民擔任主婚人，何香凝為女儐相。

左起：曾醒、方君瑛、陳璧君攝於法國

赴法

婚後二人赴法留學，同行者還有衛月朗、方君瑛、君璧（1898-1986）、曾醒、曾仲鳴（1896-1939）、陳昌祖等人。1913年4月陳璧君在蒙達義 Montargis 產下長子，夫妻倆為兒子取名為嬰，為方君瑛之瑛的諧音。1914年底，為躲避歐戰全家遷到南部的土魯斯 Toulouse，旅途勞累造成陳璧君早產，女兒出生時還不足7個月。女兒名為惺，為曾醒之醒的諧音。戰爭期間，陳璧君曾當法國紅十字會的護士。 1912至1916年之間，汪陳兩人數度因孫中山的召喚，返回中國商討國事。兩人不在之時，汪嬰與汪惺由方君瑛、曾醒、方君璧、曾仲鳴等人照顧。

8 見汪精衛1910年2月15日致曾醒、方君瑛函，全信收錄於《汪精衛生平與理念》，頁355–360。

9 全文收錄於《汪精衛生平與理念》，頁520。

10 見汪精衛1910年2月15日致曾醒、方君瑛函，全信收錄於《汪精衛生平與理念》，頁355–360。

1917 年初，汪精衛再次奉孫中山之命回國。同年 9 月，孫中山在廣州發動護法運動，成立護法軍政府，汪精衛擔任秘書長。仍在法國的陳璧君決定將兩個孩子帶回中國與丈夫團聚，結束了五年的旅法生涯。

國民政府與國民黨內鬥爭

1923 年為籌備紀念朱執信（1885-1920）的學校，孫中山派陳璧君赴美國向僑界募款。陳璧君在弟陳耀祖的陪同下於 4 月 30 日來到美國。當時陳璧君正懷著第五個孩子，因四處奔波募款的緣故，8 月 22 日在芝加哥時出現流產的徵兆，陳璧君立即入院，第二天產下一男嬰，取名汪靖。產後陳璧君忙於演講無法親自哺育幼嬰，不足三個星期孩子在缺乏照料下染肺炎，不幸在醫院夭折。陳璧君忍痛繼續美國的募款活動，所到之處莫不造成轟動，華人爭相一睹「革命實行家」的風采。[11] 陳璧君於 11 月底返回上海，將孩子的骨灰葬在廣州白雲山（同年去世的方君瑛亦葬於此處）。陳璧君此行募得的款項暫時被用來作為創辦黃埔軍官學校的經費，一部分亦做為蔣介石掃蕩陳炯明的費用。

1924 年 1 月，國民黨召開第一次全國代表大會，孫中山特別指派陳璧君、何香凝（1878-1972）與唐允恭為三位出席女代表。在此會議中，汪精衛被選為中央執行委員，陳璧君為中央監察委員。1925 年 3 月孫中山逝世時，汪精衛為

11 〈執信學校之籌款成績〉，《民國日報》（上海），1923年11月14日，頁10；〈汪精衛夫人抵雲之盛況〉，《民國日報》（上海），1923年11月21日，頁7。

陳璧君着重培養童子紀律，鍛鍊精神，不時檢閱童軍活動

其草擬政治遺囑，陳璧君亦為現場見證人之一。從孫中山逝世到 1930 年代末期，汪精衛在國民政府及國民黨內屢次擔任重要任務，但也無可避免地捲入了黨內權力的鬥爭。作為妻子的陳璧君自然而然無法避免地會介入汪精衛的政治決定中，汪精衛也相當尊重陳璧君的意見。與其被視為身份顯赫的「汪夫人」，陳璧君更喜歡別人稱呼她為「陳委員」，由此可見她的剛強個性。

1925 年 7 月國民政府在廣州成立，汪精衛被選為第一任國民政府主席，陳璧君亦積極參加各項政治會議與募款勞軍活動。1926 年 3 月發生中山艦事件，汪精衛與當時擔任黃埔陸軍軍官學校校長的蔣介石之間的關係開始分裂。自從孫中山去世後，汪精衛、胡漢民（1879-1936）與廖仲愷（1877-1925）成為國民黨內三大老。但廖仲愷的遇刺身亡與胡漢民的被懷疑與通輯，讓蔣介石的地位逐漸重要。雖然汪精衛和陳璧君都很賞識蔣介石的軍事才能，然而陳璧君對於蔣介石想要獨攬黨政軍大權的野心，覺得反感，於是不喜歡汪精衛與其來往。在政治上，蔣介石反共的主張也與汪精衛堅持孫中山聯俄容共的政策相牴觸，中山艦事件凸顯了兩人間的不和。事件後，汪精衛與陳璧君決定暫時離開紛亂的政局，赴法國養病。汪精衛此去造成國民黨高層的大變動，蔣介石接替了大半汪精衛原任的職位，成為軍事委員會主席，後又被選為國民革命軍總司令與國民黨中央常務委員會主席，掌握黨政軍領導權。

1927 年 4 月，在國民黨內擁汪的聲浪中，汪精衛與陳璧君回到了國內，汪精衛成為武漢國民黨中央和國民政府的領導人，與南京的蔣政權形成寧漢分裂的局面。陳璧君以中央監委的身份，與何香凝、宋慶齡（1893-1981）等人積極從事武漢的婦女運動。

（左起）方君璧、林汝芬、汪文惺、陳璧君、汪文悌、朱孍，攝於1920年左右

1927 到 1931 年之間，國民黨內派系鬥爭激烈混亂，汪精衛與蔣介石數度分合，亦曾於 1928 年再度赴法，這段期間，陳璧君一直在汪精衛身邊支持他，作他的後盾。1931 年九一八事變後，汪精衛與蔣介石決定合作，共度國難。1932 年汪精衛出任行政院長兼外交部長，蔣介石為軍事委員會委員長。

汪精衛擔任行政院長期間，陳璧君以國民黨中央政治委員的身份做了許多事，包括多次捐款勞軍[12]和公共建設；1934 年為爭取婦女法律權益，與立法院男

12〈陳璧君捐四千勞軍〉，《婦女共鳴》（上海），1936年第5卷第12期，頁26。

委員們展開舌戰，最後促成兩性平等治罪法的通過 [13]；1935 年為改善南京棚戶住宅而募款奔波 [14]，也為提倡游泳運動，捐款在青島設跳水台等 [15]。她也曾經在著名觀光勝地黃山修建手扶杆上的鏈條，方便遊客登山。為了發展中國的出口物品，陳璧君於 1936 年在浙東與林汝珩（1907-1959）等墾植桐油，並派女兒汪文惺（1914-2015）及日後女婿何孟恒（1916-2016）等為此工作效力 [16]。1937 年陳璧君於中央政治會議提議請飭教育部製定各級學校女學生制帽，讓女性養成戴帽習慣，以免冬天受風，夏天中暑，並藉此提倡男女平等。[17]

陳璧君與女兒汪文惺（左）幼子汪文悌、曹宗蔭（右）、何孟恒（後）

1935 年 11 月 2 日南京召開的國民黨中央四屆六中全會開幕儀式後，汪精衛在全體委員攝影留念的時候遭刺客槍擊。汪精衛辭去職位並於次年與曾仲鳴、陳耀祖及德國醫生諾爾 Kurt Noll（1900-1955）赴歐治病，這次陳璧君並未同行，以電報告知汪精衛國內政局變化。1936 年底西安事變發生後，為求國內一致團結，汪精衛於次年元月回國。對日抗戰開始之後，陳璧君與汪精衛隨著國民政府遷到重慶。然而汪精衛所提出的對日和平交涉，一直無法得到國民黨中央的支持。1938 年底，汪精衛離開重慶來到河內，12 月 29 日發

13〈陳璧君起作中流砥柱〉，《婦女共鳴》（上海），1934年第3卷第11期，頁37。

14〈京市建築貧民住宅陳璧君募款一萬元〉，《大公報》（天津），1934年6月1日，版3。

15〈青島舉行五屆游泳賽〉，《西京日報》（西安），1935年8月5日，版2。

16 詳細見《何孟恒雲煙散憶》增訂本（台北：華漢出版，2024）第十一章〈桐油〉。

17 〈汪夫人陳璧君主張女學生戴制帽〉，《盛京時報》（奉天），1937年5月30日，頁6。

表艷電[18]，表示和平運動的決心。1939年1月1日國民黨中央開除汪精衛與陳璧君的黨籍。

南京國民政府與和平運動

從1937年7月盧溝橋事變日本全面侵華到1938年底的艷電，汪精衛的和平運動醞釀成型，其中陳璧君的影響到底有多大，是一個很難回答的問題。可以確定的是，這次汪精衛將要面臨前所未有的艱難險阻，而陳璧君仍同過去一樣，以堅定的信念在丈夫的身邊扶持著他。

在許多人的眼中，汪精衛的溫文儒雅和陳璧君的強悍形成強烈的對比，因此也產生汪精衛處處受陳璧君牽制與干預的印象。事實上，夫妻兩人鶼鰈情深，汪精衛對陳璧君深厚的感情不時流露在他的詩詞中，最明顯的例子就是他以「雙照」為其詩詞集[19]命名。陳璧君對汪精衛的種種「干涉」，也是她對丈夫關心與牽掛的表現。更何況，汪陳兩人之間的相處，實乃夫妻之私，如何容得外人說長道短？

汪精衛工作繁忙，身體不好，陳璧君擔任起監督把關的工作，以免汪過度操勞。首先，陳璧君嚴格要求汪精衛星期日和每日晚飯後不能辦公，把時間騰出來給家人。於是晚飯後汪家一家人聚在一起閒話家常，看孩子們玩耍，偶爾汪精衛也會和孩子下棋。每週一次，汪家也會以放映電影為娛樂，全家一起觀賞。週日時，陳璧君以健康為由，拉著汪精衛去郊外散步。但是當陳璧君不在時，汪精衛則往往會偷懶待在家裡。在南京的時候，他們夫婦會一起去位於湯山的政府員工俱樂部泡溫泉、和朋友聊天。有時汪精衛也會召集親友的孩子們

18　全文見《汪精衛政治論述》增訂本中冊（台北：華漢，2024），頁414。

19 汪精衛詩詞及手稿見《汪精衛詩詞彙編》全二冊。

共聚一堂，為他們講岳飛、三國志或其他的歷史故事。每當汪精衛臥病請假在家時，陳璧君為讓他能好好休息不受政事影響，特意把電話筒拿下，讓他接不到電話。汪精衛喜飲紅酒，但是為了他的健康，陳璧君不許他多喝。金雄白（1904-1985）曾把他在汪家做客時的情景記錄下來，生動的描繪出陳璧君的個性以及與夫妻兩人之間的互動：

> 我曾經幾度應邀在他私邸中同飯，汪夫人雖常避席，而汪氏勸飲頻頻，三杯落肚，又復談笑娓娓，汪氏尚未盡興，而陳璧君已姍姍而來，瞪著眼高喚一聲『四哥！』汪氏已知其意，吐一下舌頭，躊躇停杯。來客想到他的健康，滿座亦同有黯然之慨。[20]

在汪精衛南京國民政府的六年裡，陳璧君擔任國民黨中央監察委員及廣東政治指導員。她把全副心力放在廣東的治理上。三任的廣東省長陳耀祖、陳春圃（1900-1966）及褚民誼皆為陳璧君的親戚，她在廣東的影響力很大。陳璧君在廣東最大的建樹，就是搶救糧食與平抑米價，並且以她一貫強硬作風為廣東人民的利益跟日本人斡旋。日軍偷襲珍珠港後，美國對日宣戰，太平洋戰爭爆發，廣東米糧被日軍征收為軍米，造成民眾嚴重缺米的現象。陳璧君果斷地宣佈實施八項緊急措施，並積極與日方交涉，最後終於紓解危機。[21]她也進行了不少社會公益活動，例如施米給七十歲以上老人等等。陳璧君亦在廣州捐款設立難童學校，收留窮苦孩童。並常親往規劃照料，組織太

陳璧君、汪文惺與汪精衛攝於漢口（1937年）

20 金雄白，《汪政權的開場與收場》（香港：春秋雜誌社，1964），冊2，頁104–105。

21 金雄白，《汪政權的開場與收場》冊3，頁23–24。

太團，輪流為難童沐浴製衣。[22] 她也與日方交涉，取消廣州市民經過通衢要道必須向當地崗位的日軍脱帽行禮的規定，並改以警察駐崗。廣東淪陷之日曾經被定為廣州紀念節，陳璧君也把這個取消了。[23]

在南京，陳璧君亦積極在汪精衛政府幕後從事社會公益建設。日人佔領香港後，陳璧君在香港幫助疏散萬人以上難民歸返廣州。此外，南京政府所屬的中央醫院與仁濟醫院亦網羅了香港的流亡醫生，例如知名的黎福和林開弟、陸潤之等人（黎福擔任中央醫院的院長，曾經在 1944 年陪同汪精衛到日本就醫；林開弟為仁濟醫院院長；眼科名醫陸潤之為陳璧君醫生）。陳璧君曾為中央醫院設備擴充進行募款活動，成績斐然。[24]

1937年10月與陳璧君攝於中山陵對面陵園新村的住宅前

為了紀念為和平運動而犧牲的曾仲鳴和沈崧（1894-1939），南京政府於 1941 年在廣州成立了鳴崧紀念學校，設有小學及初中部。陳璧君除了捐款外，也盡力幫助尋找優良師資。

1941 年 12 月香港淪陷後，陳璧君與當時任廣東省教育廳長的林汝珩協助植物學家陳煥鏞（1890-1971）與香港總督交涉，將中山大學農林植物研究所在港的文物與大批植物標本運至廣州，使得這些很珍貴的科學文物得以保存。[25]

陳璧君在上海設立祥興公司，由屈向邦（1897-1975）負責經營，專門從事

22〈陳中委捐助鉅款加惠收容所難童〉，《無錫日報》（無錫），1943年6月13日，頁1。

23 金雄白，《汪政權的開場與收場》冊3，頁25。

24〈陳中委為中央醫院發起籌募捐款〉，《新崇明報》（江蘇），1942年8月29日，頁2。

25〈汪文恂爲乃母陳璧君上訴〉下，《大錫報》（無錫），1946年5月4日，頁2。

出口棉紗的生意。藉由公司的運作，讓許多中國生產的棉花不致盡數落入日軍之手，而能供給佔領區民眾使用。另外，祥興公司的營收用來支助汪精衛出國訪問所需旅費。

1944 年初，汪精衛因 1935 年遇刺留在體內的子彈引發的多發性脊骨瘤腫惡化，在陳璧君及家人的陪同下赴日本名古屋治療，同年 11 月 10 日不治去世。[26] 汪精衛死後，日本在太平洋戰爭中亦居劣勢，陳璧君身邊之人，如陳春圃與林汝珩，曾勸她藉此機會引退。然而她認為：

> 汪先生赴日療病之日，曾力疾親下手令，以職務交公博佛海負責，現陳周均照常供職，我獨飄然遠引，則凡是我的幹部，勢必隨同進退，無異拆陳周之台。就個人言，我對汪先生為有違遺命，對公博佛海言，則有負友誼，禍福可以不計，良心上殊不願為。對國家言，今日之抗戰必勝，已僅屬時日問題，即我與公博佛海同時引退，亦無損於國家，但日本駐華部

26 詳細見《何孟恆雲煙散憶》增訂本第十六章〈星沈〉。

> 隊，尚有三百萬人，和平政府不惜揚言三戰，造成與日本為盟國同等之地位，以杜塞軍人對我施政的干涉，有我等在，陷區人民，尚有交涉回護之人，如我等同時引退，造成政權解體，日軍於屢敗之後，勢將益加遷怒，以我為敵，橫加摧殘，則陷區人民，將何堪命？我不忍以一己之安全，貽億萬人無窮之禍害。[27]

晚年

1945 年 9 月，日本戰敗投降之後，陳璧君與褚民誼等 16 人在廣州被軍統局以去重慶見蔣介石為由，誘騙至某處被囚禁多日，後來被送往南京。據何孟恆回憶，此 16 人為陳璧君、褚民誼（當時廣東省長）、周應湘（廣東民政廳長）、李蔭南（廣東建設廳長）、汪宗準（廣東財政廳長）、陳良烈（廣東教育廳長）、何孟恆、汪文惺、何冰冰 （何孟恆與汪文惺之女）、游敬蓮 （陳璧君之侍女）、高齊賢、徐義宗（此二人為褚民誼之隨員）、汪文悌（陳璧君之幼子）、汪澄輝（汪精衛姪孫）、陳國強（陳璧君姪）與汪德靖（汪宗準之子）。之後陳璧君、褚民誼與陳公博（1892-1946）等人移送蘇州獅子口監獄。[28]

在公審中，陳璧君拒絕聘請律師。在庭上她不改一貫強悍的姿態，否認汪精衛為叛國之徒：

> 說汪先生賣國，重慶治下的地區，由不得汪先生去賣；汪政權治下的地區，是中國的淪陷區，也就是日軍的佔領區，並無一寸之土，是由汪先生斷送的。在淪陷區是淪陷了的土地，只有從敵人手中爭回權利，還有什麼國可賣？日軍攻粵，廣州高級長官聞風先逃，幾曾盡過守土之責？我們赤手把淪陷區收回，而又以赤手治理之，試問我們收回後怎樣能交還重慶，重慶又怎樣能來接受？

---

27 金雄白，《汪政權的開場與收場》冊3，頁115。

28 詳細見《何孟恆雲煙散憶》增訂本第十八章〈樊籠〉。

她又說：「今天，你們以勝利者的姿態來審問我，為什麼不想一想？假如當年日本的炸彈，不投於珍珠港而投之於西伯利亞，今天將又是怎樣的一個局面？若說為了國家的利益，不得不與他國出之以盟好的手段，這樣而就被認為漢奸。那末，中國的漢奸應該不止親日的汪先生一人。我等為救民而死，我死也甘心了。」

以陳璧君的性格，儘管她一到獄中，就曾一再表示她有受死的勇氣，而乏坐牢的耐性，但當局似乎不欲其死，也不欲其生。但陳璧君在庭上的辯論，雖然贏得若干人民的同情，卻並沒有要她死，是判處了她無期徒刑的終身監禁。……她自稱沒有吃官司的耐性，而此時偏要讓她受盡餘生的煎熬。[29]

對於庭上對她漢奸賣國的指控，她不願上訴，認為即使上訴審判結果還是會跟初審一樣，但希望庭上對其他與南京政府相關分子從寬發落。她的女兒汪文恂曾找律師申請再審，被法院駁回，其理由為「違背法律上之程式，茲從程序上予以駁回」。

陳璧君在監獄中的生活究竟如何，曾有不少談論，其中亦包括「目擊者」的敍述。可惜這些記錄不但互有衝突，也引發了更多疑問[30]。據她的家人說，陳璧君雖然初期在牢中受到侍女游敬蓮的細心照顧，直到被移送上海提籃橋監獄為止，然她入獄後身體很虛弱，百病纏身，曾經數次因病入醫院。特別是她患有肌肉關節疼痛的病，多年來都是依賴醫生注射止痛劑才能緩解，在監獄裡面只會更加嚴重。何孟恆 1948 年初出獄後，在 3 月初去香港之前，曾和妻子汪文惺到蘇州監獄探望過陳璧君最後一次，他回憶說：

29 金雄白，《汪政權的開場與收場》冊4，頁88–93。

30 女婿何孟恆曾撰寫閱讀張靜星《從革命女志士到頭號女漢奸——陳璧君傳記》後之筆記，糾正各種史實上的舛誤，全文收錄於《何孟恆雲煙散憶》增訂本（台北，華漢出版，2024），頁326。

老人家鬢邊多添了白髮，而神氣不減當年，像遇事更為沈着，事實上體質就大不如前了。同囚諸人對她十分敬重。平日讀書寫字。見面時送我一冊手抄的雙照樓詩詞。[31]

陳璧君於蘇州高等法院公審，
見《聯合畫報》 1946年第173–174期，
頁13；《生活》1946年第4期，頁7；
《抗戰建國大畫史》1948年4月，
頁208。

31 詳細見《何孟恆雲煙散憶》增訂本第十八章〈樊籠〉，頁235

在這個身心皆遭受極大折磨的情況下，陳璧君在牢中抄寫汪精衛所著之《雙照樓詩詞稿》，並由同囚的詞學大家龍榆生（1902-1966）題跋，完成數份抄本留給後人，即是本書羅列的 5 冊。她也以手抄「雙照樓」詩詞惠贈幫過她的朋友，例如陳克文（1898-1986）和端木愷（1903-1987）律師（他的搭檔汪文浩是何孟恆的辯護律師）。陳璧君贈端木愷的《雙照樓詩詞稿》抄本現存東吳大學圖書館。何孟恆 33 歲生日時，陳璧君請龍榆生選取王安石等宋人之詞，編成《天風集》一本，由另一位獄友薛邦邁抄寫，送給何孟恆作為生日禮物。此外，陳璧君還抄寫了龍榆生挑選的歷代詞賦及《雙照樓詩詞藁》中的作品，輯成《明月集》、《明月集續》及《明月集再續》三種詞本。龍榆生的《倚聲學》最初手寫稿本，也是應陳璧君之邀，在獄中寫成的。[32]

1959 年 6 月 17 日，陳璧君因心臟病在監獄醫院中病逝，享年 68 歲。遺體火化後骨灰送至香港由兒女接收海葬。

文章原載汪精衛紀念託管會官網，嚴曉珮博士撰文，朱安培補充、整理資料。

32 龍榆生作品分別收錄於《獅口虎橋獄中手稿》冊一及冊二。

金縷曲

民國紀元前二年
京獄中作

余居北京獄中嚴冬風
夜未成寐忽獄卒推余
以片紙摺皺不辨行墨
鐙審視赫然冰如手書

詩詞寫作

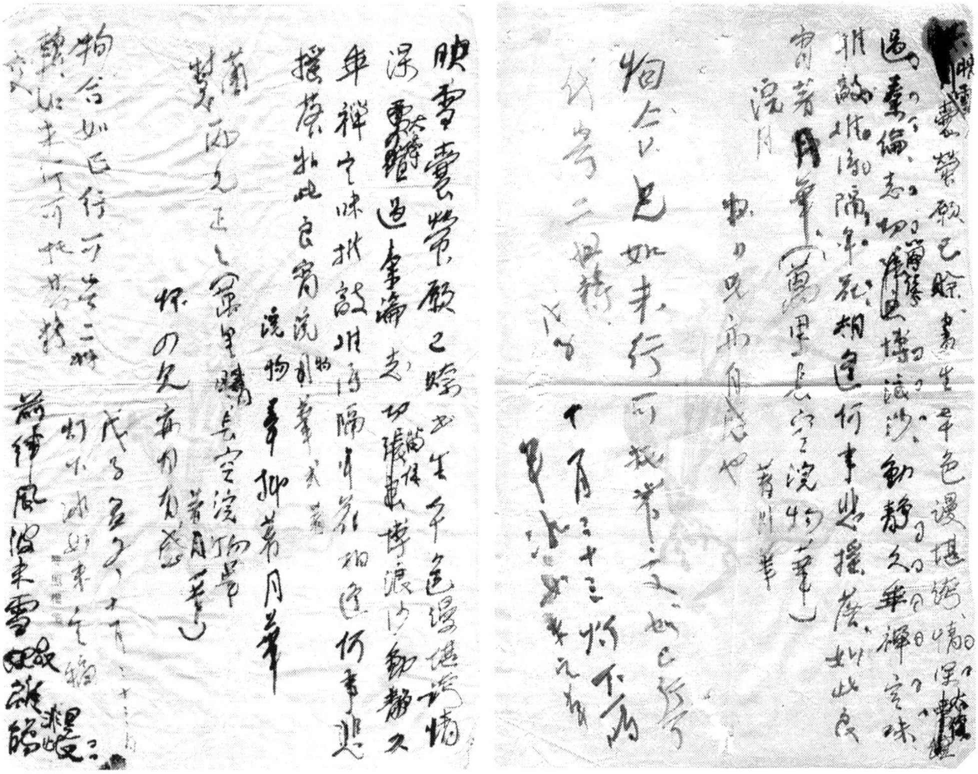

〈懷四兄亦有自感〉

映雪囊螢願已賒・書生本色漫堪誇・情深太傅過秦論・志切留侯博浪沙・
動靜久乖禪定味・推敲難得隔年花・相逢何事悲搖落・如此良宵浣物華・

蘭、慧兩先生正之「萬里長空浣物華」或「萬里長空著月華」
恂合如已行可告二姊轉，如未行可托其轉交。
戊子孟冬十一月二十三日燈下一時半未定稿

前律「風波來雪又離觴」，非「此」是「又」。

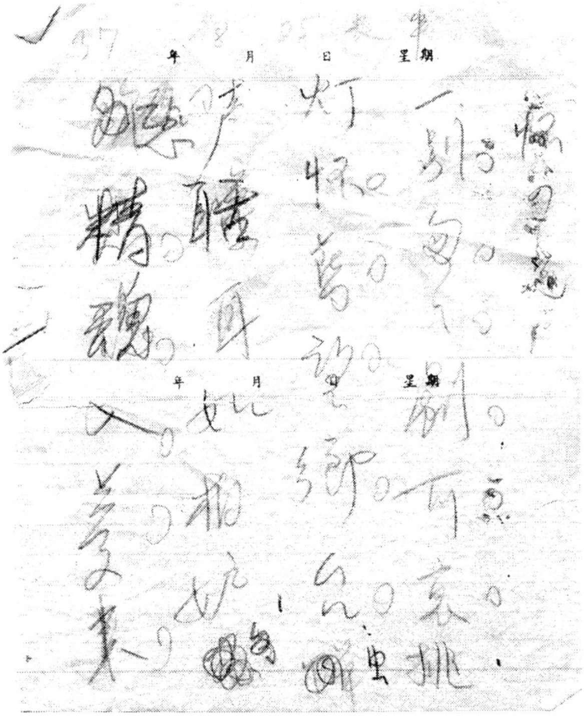

正面

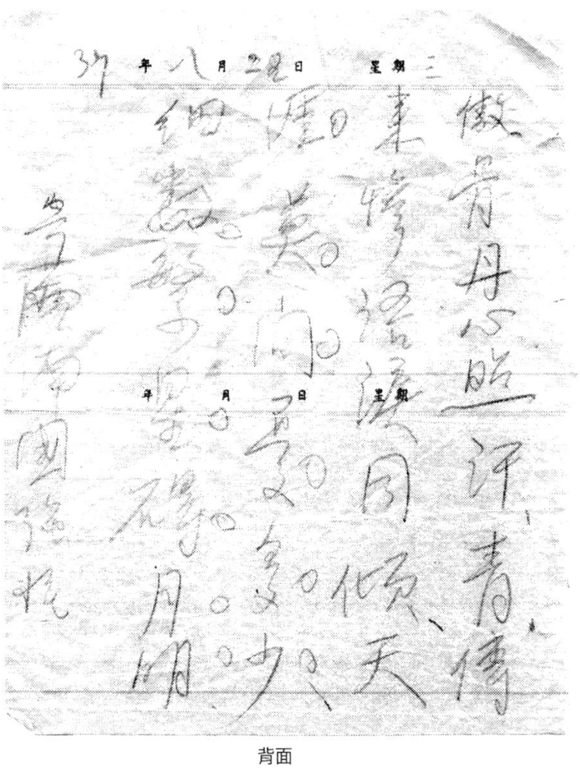

背面

〈懷四兄〉

一別匆匆劇可哀•挑燈懷舊望鄉台•
蟲聲聒耳如相妒•為恐精魂入夢來•
傲骨丹心照汗青•傳來慘語淚同傾•
天涯莫問憂多少•細數繁星凝月明•

寄蔭南國強侄
（三十七年八月二十五日夜半）

「四兄」指汪精衛。

李蔭南（廣東建設廳長，前廣東省銀行行長）與陳國強（陳璧君長兄繼祖的兒子，曾任廣東兵工廠廠長）在 1945 年與陳璧君等十六人在廣州受押，後來同囚於蘇州獅子口監獄。

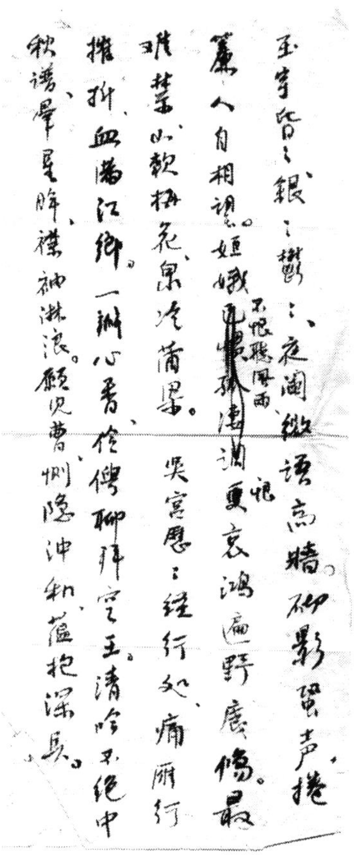

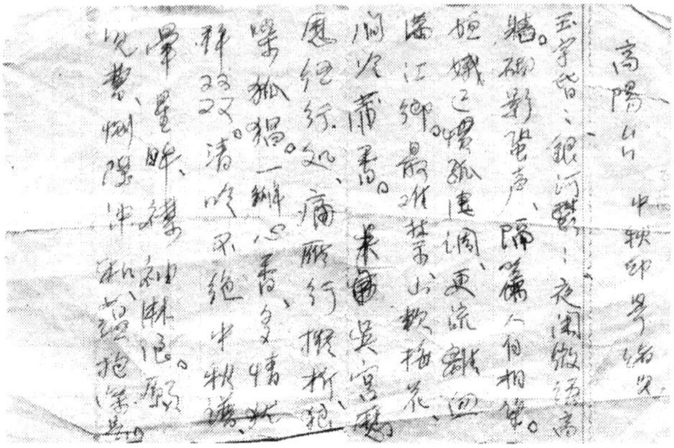

正面

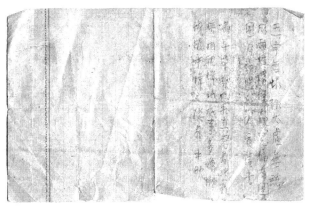

背面

〈高陽台〉 中秋卻寄諸兒 （正面）

玉宇昏昏・銀河鬱鬱・夜闌微語高牆・砌影蛩聲・隔簾人自相望・
姮娥已慣孤淒調・更流離血滿江鄉・最難禁・山軟梅花・澗冷蒲番・
吳宮歷歷經行處・痛雁行摧折・狼嘷狐猖・一瓣心香・多情猶拜雙雙・
清吟不絕中秋譜・暈星眸・襟袖淋浪・願兒曹・惻隱沖和・蘊抱深長・

〈中秋〉 （背面）

玉宇無垠限太虛・無端風雨打階除・窺窗偏有團圓月・旋照愁人夜讀書・
滿耳笙歌聽未真・思君此夜倍相親・嫦娥底事多嬌懶・纔撥重幃又隱身・

玉宇昏昏・銀銀鬱鬱・夜闌微語高牆・砌影蛩聲・捲簾人自相望・
姮娥不恨聽風雨・恨哀鴻遍野痍傷・最難禁・山軟梅花・泉冷蒲梁・
吳宮歷歷經行處・痛雁行摧折・血滿江鄉・一瓣心香・伶傳聊拜空王・
清吟不絕中秋譜・暈星眸・襟袖淋琅・願兒曹・惻隱沖和・蘊抱深長・

下圖為何孟恆手抄陳璧君獄中作的〈高陽臺〉、〈中秋〉兩首及〈秋雨秋風〉。

〈秋雨秋風〉

秋雨秋風燭淚乾•夜深無寐倍情寒•嗟君猶有思親感•我獨何思聽漏殘•

秋雨秋風萬木殘•江南江北淚瀾干•天涯同是仳離者•莫話愁深且自安•

秋雨秋風撼客魂•南冠相對月共昏•單心省識寒滋味•聽徹隣雞不掩門•

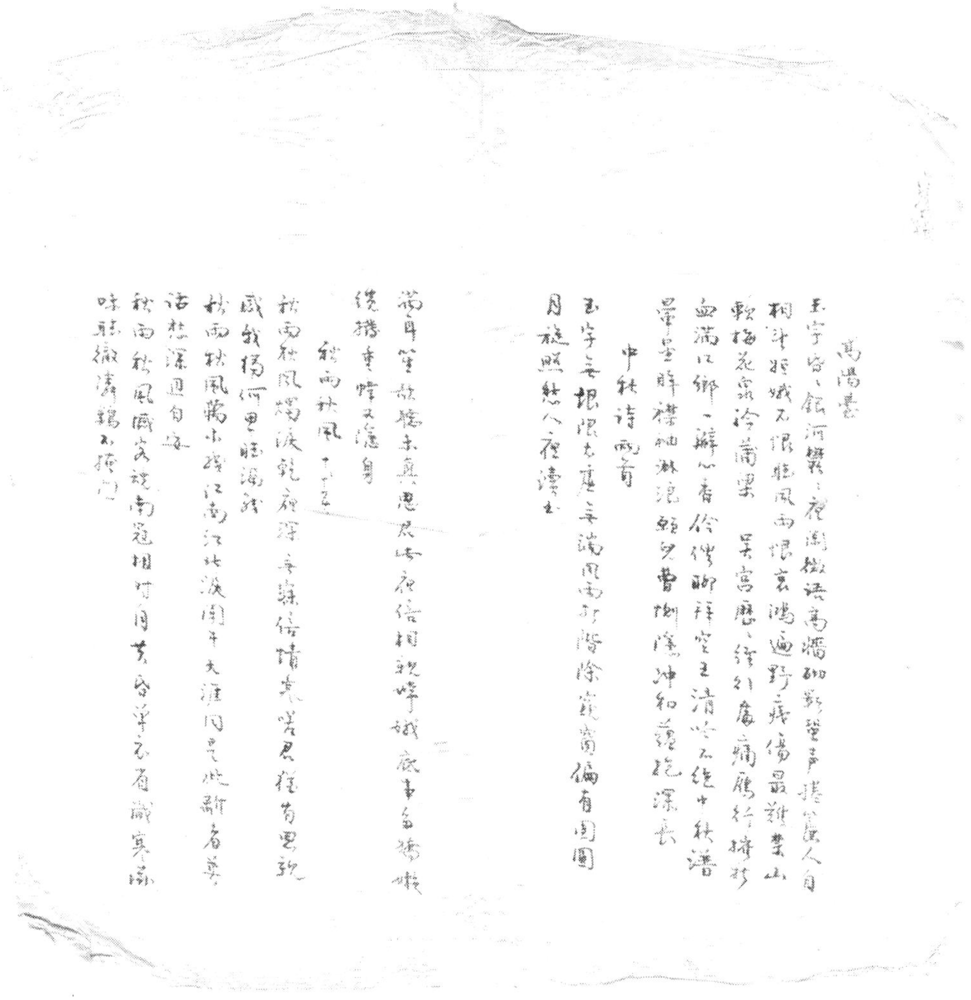

「泉冷蒲梁」指廣州的白雲山麓的蒲澗廉泉。汪精衛夫婦和曾醒、方君瑛等幾位摯友曾來此郊遊，很喜歡白雲山麓蒲澗廉泉的清幽，希望將來一起葬在這裏，死後仍相聚首。汪精衛的詩〈重九登白雲山〉當中有兩句：「名山浪作終身許，佳節聊為舊日遊」說的就是這一件心事。可最終葬在此處的只有方君璧之姐方君瑛。

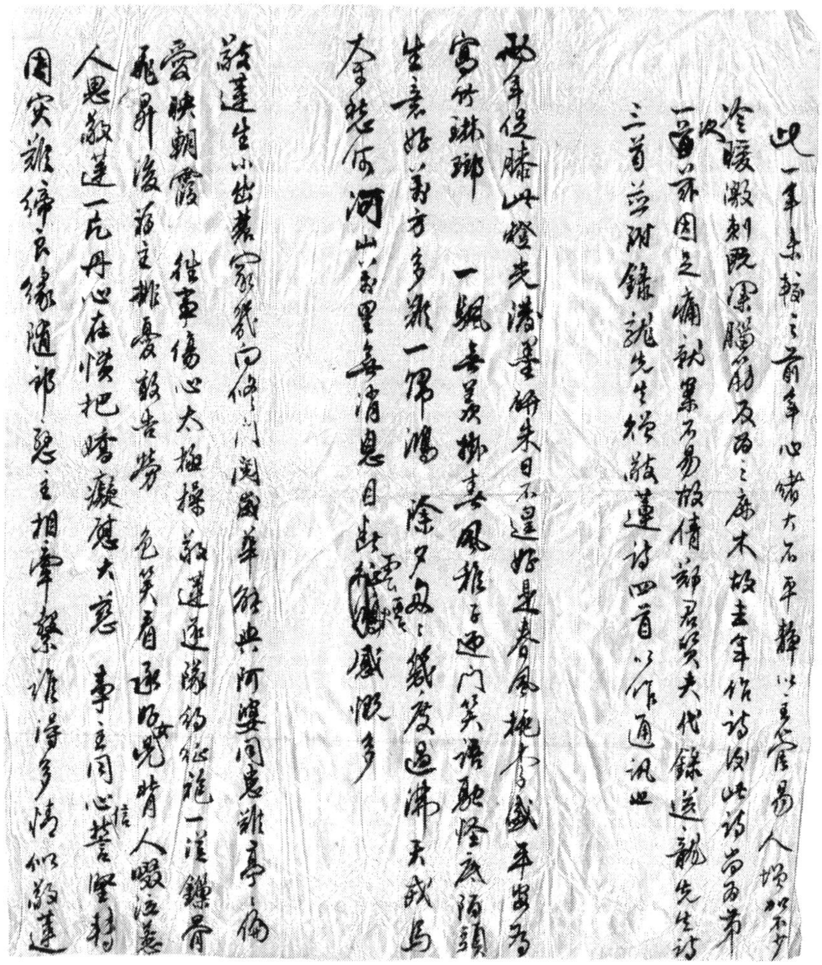

陳璧君在獄中也作了三首詩，並請鄭賢夫寫下送給龍榆生：

此一年來較之前年心緒大不平靜，以主管易人增加不少冷暖，激刺既深，腦筋反為之麻木。故去年作詩後，此詩尚為第一次，前因足痛就案不易，故倩鄭君賢夫代錄送龍先生詩三首，並附錄龍先生贈敬蓮詩四首以作通訊也。

兩年捉膝此燈光•潑墨研朱目不遑•好是春風桃李盛•平安為寫竹琳琅•
一颿無羨掛*春風•稚子迎門笑語融•怪底陌頭生意好•萬方多難一歸鴻•
除夕匆匆幾度過•沸天戎馬奈愁何•河山萬里無消息•目斷雲煙感慨多•

敬蓮生小出農家•幾向修門閱歲華•能與阿婆同患難•亭亭偏愛映朝霞•
往事傷心太極操•敬蓮逐隊約征袍•一從鑠骨飛昇後•為主排憂敢告勞•
色笑看承好女兒•背人啜泣惹人思•敬蓮一片丹心在•慣把嬌癡慰大慈•
事主同心信誓堅•轉因災難締良緣•隨郎戀主相牽繫•誰得多情似敬蓮•

*「羨掛」疑應作「恙掛」（李白詩句「布颿無恙掛秋風」）

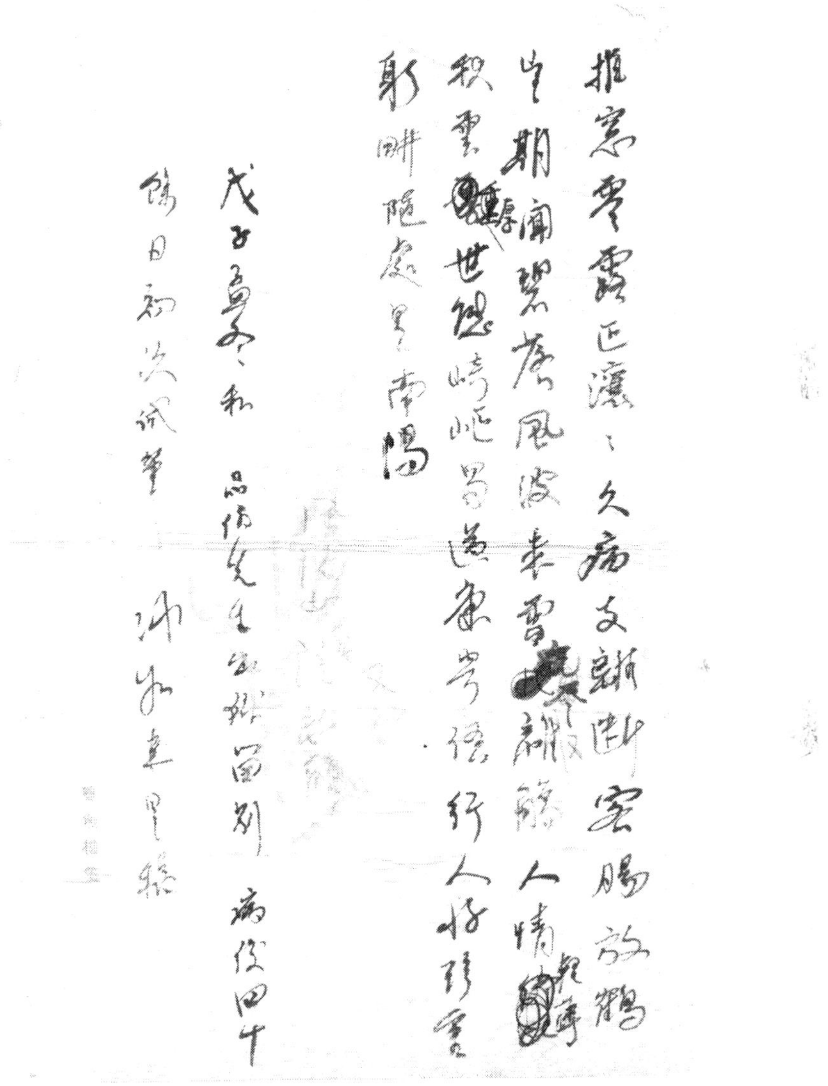

推窗零露正瀼瀼•久病支離斷客腸•放鶴豈期聞碧落•
風波未雪又離觴•人情輕薄秋雲厚•世態崎嶇屬道康•
寄語行人好珍重•躬畊隨處是南陽•

戊子孟冬和　品伯先生出獄留別
病後四十餘日初次試筆　冰如未定稿

書信

美兒請慧淑轉蘭淑，病後塗鴉，萬千見諒。蓋此時不寫則將來事未可知，我不願來生還債也。

一笑　此頌

雙安　　　　　　　十二月九日　荷塘亭長

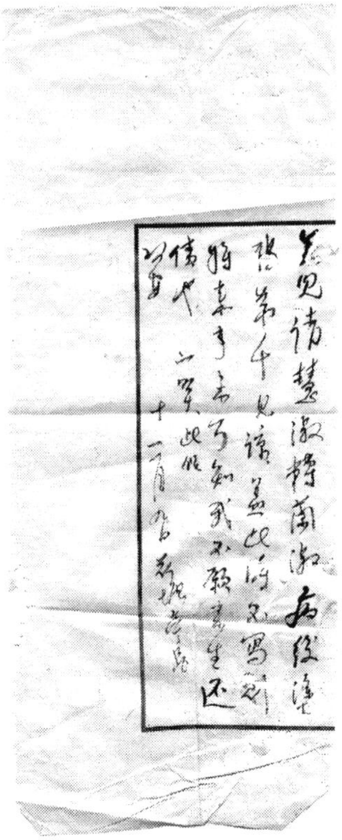

「美兒」指汪文惺（1914—1915）字仲蘊，汪精衛和陳璧君大女兒，何孟恒妻。1914 年 12 月 28 日出生於法國土魯斯 Toulouse，暱稱「咪咪、美美」是由法文名字 Louise Michelle 而來，取自女革命家。

「慧淑」指曹宗蔭，字少岩（少巖），又名慧淑，汪精衛的親密機要秘書，負責電報書札，得到汪精衛的信任，1932 至 1936 年曾在汪精衛任行政院長期間擔任行政院秘書；南京政府期間亦曾擔任中國國民黨第六屆中執會後補委員。抗戰結束後，曹宗蔭因為在汪政府裏無正式職位而未被判刑。文革時受到迫害，1967 年 7 月病逝。

蘭淑我病了許久，起床寫了四日而成，本欲遲日復元再寫，但人事無常，或終不得寫，故急於踐故人之約也。此即候

雙安

十二月九日　荷塘亭長

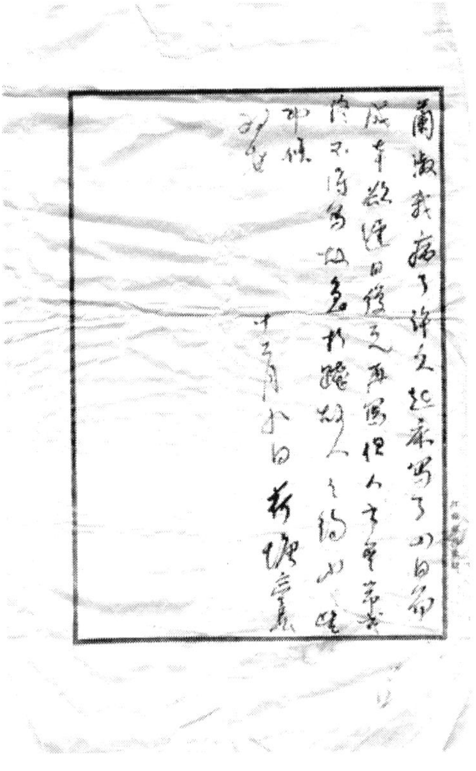

屈向邦（1897–1975），字沛霖，號蔭堂，又名蘭淑，廣東番禺人。明末清初著名學者屈大均的後裔。國學家，能詩好收藏，著有《蔭堂詩集》、《粵東詩話》與《誦清芬室藏印初集》等。曾任汪家家庭教師及汪精衛的秘書，1932 至 1936 年亦曾在汪精衛任行政院長期間擔任行政院秘書。汪精衛南京國民政府期間，在上海與汪宗淏主持祥興公司（出口棉紗）的業務，營收用來資助汪精衛出國訪問所需旅費。抗戰結束後因商人身份而未被起訴。

詩詞抄本

陳璧君抄錄的「雙照樓」詩詞，包括《小休集》、《掃葉集》和後來才正式收入《雙照樓詩詞藁》的《三十年以後作》詩詞。她完成數份抄本留給後人，和贈給幫過她的朋友，例如端木愷律師（據本系列《何孟恆雲煙散憶》第十八章〈樊籠〉，他的搭檔汪文浩是何孟恆的辯護律師）的《雙照樓詩詞稿》抄本現存台灣東吳大學圖書館。為讓讀者能理解汪精衛詩詞的不同面貌，本書把何孟恆珍藏已久的五冊陳璧君獄中抄本悉數展示，並附有龍榆生題記及何孟恆與其他囚友之筆記。其中《雙照樓長短句》末更有陳、龍、何三人相互和應之作，尤其顯示出彼此情誼。

雙照樓詞

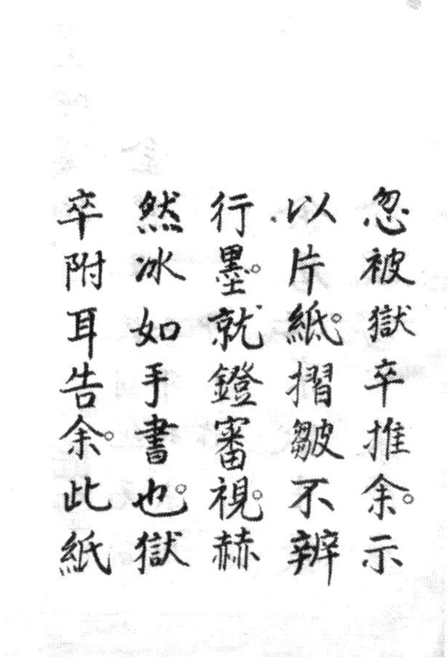
忽被獄卒推余示以片紙摺皺不辨行墨就鐙審視赫然冰如手書也獄卒附耳告余此紙

002

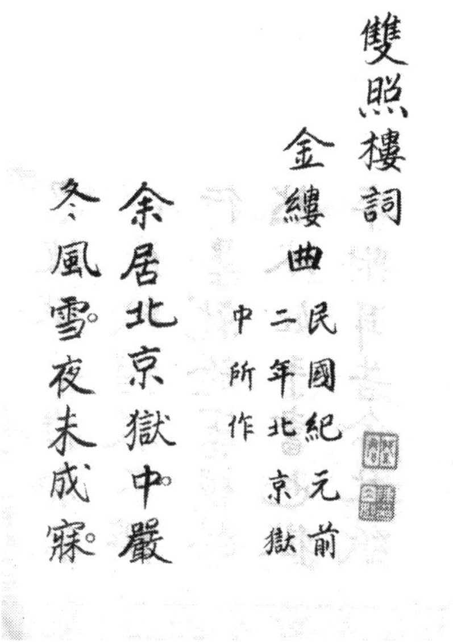
雙照樓詞

金縷曲

民國紀元前二年北京獄中所作

余居北京獄中嚴冬風雪夜未成寐

001（鈐印：璧君、陳冰如印）

展下脫轉字

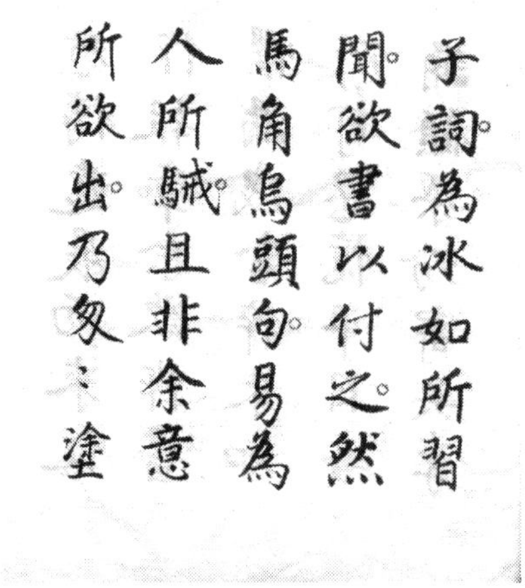
子詞為冰如所習聞欲書以付之然馬角烏頭句易為人所詆且非余意所欲出乃匆匆塗

004

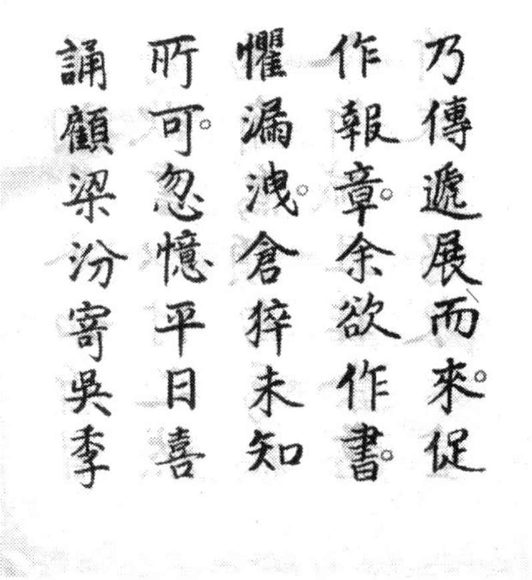
乃傳遞展而來促作報章余欲作書懼漏洩倉猝未知所可忽憶平日喜誦顧梁汾寄吳季

003

改以成此詞以冰
如書中有忍死須
臾云云慮其留京
賈禍故詞中峻促
其離去冰如手書

005

留之不可棄之不
忍乃咽而下之冰
如出京後以此詞
示同志遂漸有傳
寫者在未知始末

006

者見之必以余劉
龔顧詞矣此詞無
可傳之理所以存
之者亦當日咽書
之微意云爾

007

別後平安否便相逢淒涼
萬事不堪回首國破家亡
無窮恨禁得此生消受又
添了離愁萬斗眼底心頭
如昨日訴心期夜夜常攜

008

手一腔血為君剖　淚痕
料漬雲箋透倚寒衾循環
細讀殘鐙如豆留此餘生
餘生成底事空令故人僝
僽愧戴卻頭顱如舊跋涉

009

關河知不易願孤魂繚護
車前後腸已斷歌難又
念奴嬌　以下民國元年
偕冰如泛舟長江
中流賦此

010

飄飄一葉看山容如枕波
痕如簟誰道長江千里直
畫入襟頭舒卷暮靄初收
月華新浴風定波微翦翛
然携手雲帆與意俱遠

011

記否煙樹淒迷年年飄泊
淚灑關河遍恨縷愁絲千
萬結纔向東風微展野藿
同甘山泉分汲蓑袂平生
願呢喃何語掠舷曾笑雙

012

燕。
此詞經水如推敲再三。然後定稿附記於此

高陽臺

福州留別方曾諸姊弟。且申相見之約。

話

澹月流波。明霞浴水。釣絲微漾風前。水遠天垂。遙憐遠樹如阡。歸心已逐征颿去。怎離魂轉更淒然。最難忘。語雨鐙陰。聽水欄邊。

年來聚散渾如夢。儘思隨恨積。愁與情緐。閱盡悲歡。鼓山無限雲煙。西窗剪燭曾相約。好凝眸。天際歸船。且安排。剪了園蔬。引了流

泉。

八聲甘州

太平公園在四圍山色中。隨水結構。極自然之然。美余

遊記中有句云。坡
巒起伏。水流隨以
縈迴。花木疏明。波
光為之映帶。蓋紀
實也。是日大雨。衣

017

履盡濕。而遊興轉
勝。為賦此詞。
纔輕雷送雨。便蕭然晚涼
滿人間。看疏林風澹。平原
暝合。遠水烟涵。是處鳴鳩

018

相和。底事語關關。卷畫溪
山裏。蓑袂人閑。夢裏遊
蹤曾記。試臨流照影。綠上
眉彎。笑遙岑沈醉。依約嚲
雲鬟。輕颸微颭枝頭露似

019

桃波靧面欲生寒。歸來後。
一鈎新月初上闌干。
齊天樂
印度洋舟中
海波浮簸山如動。孤舟已

020

懸天半雲幕周遮星鋩搖
漾月黑冷燐零亂狂瀾正
捲怎海若頻翻魚龍未厭
夢入空濛射潮强弩倩誰
挽 闗河此時日遠鎮無

021

言徒倚清淚如霰萬里波
濤百年世身一樣蒼茫無
畔幡然意渙羨浴羽鷗閒
眠窩燕嬾驀地憂來奈何
空自喚

022

百字令
七月登瑞士碧勒
突斯山巔遇大風
雨
泠然風善忽吹來人在廣

023

寒深處應是仙峯天外秀
不受人間塵土四遠微茫
一節縹渺白了山中路披
煙下望青青鬟無數 還
笑初試荷衣又吟柳絮萬

024

象更如許。石磴幽花神自
峭。慣與長松為侶。孤嶼如
樽。明湖似琖。好把酡顏駐。
酒醒夜白。寒雲枕下來去。
黛

025

浪淘沙
紅葉
江樹暮鴉翻。千里漫漫。斜
陽如在有無間。臨水也知
顏色好。只是將殘。秋色

026

陌頭寒。幽思無端。西風來
易去時難。一夜杜鵑啼不
住。血滿關山。
蝶戀花．
冬日得國內友人

027

悵
書。道時事甚悉。惆
然賦此。
雨橫風狂三月暮。入夜清
光。耿耿還如故。抱得月明
無可語。念他憔悴風和雨。

028

天際遊絲無定處幾度
飛來幾度仍飛去底事情
深愁亦妒愁絲永絆情絲
住

高陽臺

冰如導游西湖賦
此
風葉書窗霜籐繡壁蕭疎
近水人家初日鈎簾遥青
恰映檐牙湖山已似曾相

識況舊遊人倚屏紗最勾
留泉冷風篁石醉煙霞
湖光不被芳隄隔但東西
吹柳遠近浮花水澹山柔
輕煙暈出清華夷猶一棹

凌波去亂野鳧飛入蒹葭
夜如何皓月當頭照澈天
涯

蝶戀花 以下十一年

前聞展堂誦其中

表文芸閣所為詞。
有一寸山河一寸
傷心地之句。未嘗
不留連反覆。感不
絕於心。近淂雲起

033

軒詞讀之。則似易
已為寸寸關河。寸
寸銷魂地。顧二語
意境各殊。不能無
割愛之憾。余冬日

034

渡遼。所經行處地。
劌目怵心。不忍殫
述。爰就原句。足成
此闋。點金之誚。所
不敢辭。掠美之愆。

035

庶幾知免云爾。
雪偃蒼松如畫裏。一寸山
河。一寸傷心地。浪齧巖根
危欲墜。海風吹水都成淚。
夜涉冰澌尋故壘。冷月

036

荒荒照出當年事蒿塚老狐魂亦死髑髏奮擊酸風起

前調

大連曉望

037

客裏登樓驚信美雪色連空初日還相媚玉水含輝清見底縞峯一一生霞綺

水繞山橫仍一例昔日荒邨今日鮫人市無限樓

038

臺朝靄裏風光不管人憔悴

采桑子 以下十三年

人生何苦催頭白知也無涯憂也無涯且趁新晴看

039

落霞 春光釀出湖山美纔見開花又見飛花潦草東風亦可嗟

綺羅香

冰如有美洲之行

040

賦此送之。
月色輕黃。花陰淡墨。寂寂
春深庭戶。自下重簾。不放
游絲飛去。博今宵絮語西
窗。拚明日。銷魂南浦。最憐

041

他兒女鐙前。依依也識別
離苦。　蒼茫烟水萬里。好
把他鄉風物。自溫情緒。柁
尾依飛。空妒煞鷗鷺。當海
上朝日生時。是江東暮雲

042

依處。正愔愔梅子初黃。小
樓聽夜雨。閑

齊天樂

過鴉爾加松故居。
蔚藍不被纖雲染。輕飆捲

043

來秋爽。遠岫如煙。平沙似
雪。人與白鷗同放。漁歌晚
唱。看一棹歸來。釣絲微漾。
殘日猶明。盈盈新月已東
上。滄波澹然相向。似依

044

依繪出當日情狀草徑全
荒松圍漸長只有青山無
恙臨風悵惘儘馬策撾門
壓封蛛網落葉蕭蕭亂蟬
空自響

045

晉羊曇為謝安所
器重安居近西州
門安既沒曇不敢
過西州門一日大
醉徑詣誠城下左

046

右告曰此西州門
也曇感動馬策撾
門大哭而去余過
鴉爾加松方氏姊
君瑛故居悲不自

047

勝故用此語

行香子

皛皛平川快語雨初晴棹
扁舟一葉風輕烟消穹碧
雲斂遙青看半江霞烘素

048

月作微頳　圓波如鏡踈
林倒照似蟾宮桂影縱橫
冥然无生風露泠泠儘月
搖心波搖月兩無聲
探春慢

049

風惜殘紅雨培新綠又是
一翻天氣淺草鳴蛙浮萍
聚鴨各有十分生意誰道
春歸了看滿眼芳菲如此
空憐鵑多情聲聲為春憔

050

悴　省識清和味好況野
色晚來恰稱新霽薄靄收
霏流虹散彩玉宇天然無
滓一點谿山月曾照我杳
花陰裏只願清輝湛然不

051

令心起　嗁
浣溪沙
遠接青冥近畫闌鷗飛渺
渺不知還陵高彌覺碧波
寬　玉宇鮮澄新雨後翠

052

嵐融治夕陽間果然人世
有清安
百字令
蒙特爾山中作
蒼崖四合悄無人惟見玉

053

龍飛舞萬仞盤紆行漸上
卻似淩波微步衆壑森森
連山簇簇捲入雲濤去一
峯未沒傫然如作孤注
堪歎玉宇瓊樓清寒如此

054

留得何人住縱使素娥能
耐冷朧朧此情誰訴小夢
醒來殘輝猶在滴滴沾衣
露曙霞紅映霓裳應為君
賦

055

以上小休集

056

踈影
菊
行吟未罷乍悠然相見水
邊林下半塌東籬淡淡踈
踈點出秋光如畫平生絶

057

俗違時意卻對我一枝瀟
灑想淵明偶賦閒情定為
此花縈惹 正是千林脫
看葉斜陽闌寂山色全赭
莫怨荒寒木末芙蓉冷艷

058

踈香相亞不同桃李開花
日準備了霜風吹打把素
心寫入琴絲聲滿月明清
夜

百字令

059

水仙花
靈均去矣向瀟湘留得千
秋顏色猶有平生遲暮感
況是霏霏雨雪玉色溫溫
金心的的人與花同德飛

060

塵不到冷蹤只在泉石
小銙供養齋頭深燈曲几
清影搖籤帙伴取梅花三
兩點也似曉星殘月靜怡
聞香淡終生艷夢化莊生

061

蝶獨醒何意銀臺試為白
浮

金縷曲

唬鴂催山醒轉幽深沈沈
蝶雉堞柳葉搖暝攬得新

062

清輝凝眸處身在萬桃花
頂正麗色澄空相映漠漠
輕煙閑漸淡擁千鬟一水
明鏡還照取鶯飛影 桃
源不在虛無境在人間林

063

鵑音好巷尨聲靜君看柴
門春風入菜甲麥芒齊迸
且放下老農鑱柄難得飯
餘當户坐願春光爛漫從
渠領歌一曲水泉聽 如

064

浣溪沙

過吳淞口

小艇依然繫水門。門前落葉正紛紛。饑鴉病雀不能言。衰柳鎮憐今日影。寒

065

潮苦覓舊時痕。靜中搖動寂中喧。

風蝶令

白海棠

柔蔕和煙釋。幽光帶雪融。

066

時

欲開還斂閱芳容。得似蝤蠐微俛意惺忪。格澹光彌艷。神清態轉穠。珠簾不約晚來風。吹起一庭香月照玲瓏。

067

百字令

流徽榭即事

春風桃李。比梅花節多些：芳綠。浩浩川原舒窈窕。是處山邱華屋。草露含滋。林

068

煙散暈萬象如膏沐玉闌
干外柳絲初裊晴旭　日
暮窮巷牛羊畫堂燕雀各
自尋歸宿留淂蒼然山色
在領取人間幽獨潭水悠

069

悠落霞嫋嫋樹影重重霞
低頭吟望疎鐘已動靈谷
時

百字令
春暮郊行

070

芒芒原野正春深夏淺芳
菲滿目蓄淂新亭千斛淚
不向風前悵觸渲碧波恬
浮青峯軟煙雨皆清淑漁
樵如畫天真只在茅屋

071

堪歎古往今來無人事幻
此滄桑局淂似大江流日
夜波浪重重相逐劫後殘
灰戰餘棄骨一例青青霞
鵑嘑血畫花開還映空谷

072

窮

憶舊遊

落葉

歎護林心事付與東流一
往淒清無限留連意奈驚

073

飆不管催化青萍已分去
潮俱渺同汐又重經有出
水根寒拏空枝老同訴飄
零 天心正搖落算菊芳
蘭秀不是春榮摵摵蕭蕭

074

裏要滄桑換了秋始無聲
伴淂落紅歸去流水有餘
聲罄儘歲暮天寒冰霜追
逐千萬程

金縷曲

075

綠遍池塘草（用梅影書屋詞句）更
連宵風雨淒其風雨萬紅
都渺寡婦孤兒無窮淚算
有青山知道早染出龍眠
畫藁一片春波流日影過

076

長橋又把平堤繞看新塚
添多少 故人落落心相
映照歎而今生離死別總
尋常了馬革裹尸仍未返
空向墓門憑吊只破碎山

077

河難料我亦瘡痍今滿體
忍須臾一見欃槍掃逢地
下兩含笑

虞美人

空梁曾是營巢處零落年

078

時侶天南地北幾經過到
眼殘山賸水已無多 夜
深案牘明燈火閣筆淒然
我故人熱血不空流挽作
天河一為洗神州

079

滿江紅

驀地西風吹起我亂愁千
疊空凝望故人已矣青燐
碧血魂夢不堪關塞濶瘡
痍漸覺乾坤窄便劫灰冷

080

鍾　珍

盡萬千年情猶熱　煙飲
處鐘山赤雨過後秦淮碧
似哀江南賦淚痕重濕邪
已無身可贖時危未許心
能白但一成一旅起從頭

081

暮

無遺力　珍
滿江紅
庚辰中秋
一點冰蟾便做出十分秋
色光滿處家家愁暮一時

082

都揭世上難逢乾淨土天
心終見重輪月歎人桑田
滄海亦何常圓還缺　雁
陣杳蛩聲咽天寥濶人蕭
瑟賸無邊衰草苦縈戰骨

083

挹取九霄風露冷滌來萬
里關河潔看分光流影入
疎巢烏頭白
虞美人
庚辰重陽前三日

084

方君壁妹在南京書肆中。得滿城風雨近重陽圖。蓋前歲旅居漢皋時懸之齋壁者。為題二

085

詞於其右。

周遭風雨城如斗。悽愴江潭柳。昔時曾此見依依。爭遣如今憔悴不成絲。等閒歷了滄桑劫。楓葉明於

086

血。卻憐畫筆太纏綿。妝點山容水色似當年。

秋來彫盡青山色。我亦添頭白。獨行踽踽已堪悲。況是天荊地棘欲何歸。　閑

087

門不作登高計。也攬茱萸淚。誰云壯士不生還。看取筑聲椎影滿人間。

浣溪沙

廣州家園中作

088

英石岧岧俛畫闌。觀音竹
映小盆山。餘生還得故園
看。 橄欖青於饑者面。木
棉紅似戰時瘢。尚存一息
未應閒。

089

邁陂塘
二十九年十一月
一日。晚飯時。家人
忽以杯酒相屬。問
之。始知為五年前

090

余為賊所斫不死
而設也。因賦此詞
歎等閒春秋換了。灯前雙
鬢非故。艱難留得餘生在。
纔識餘生更苦。休重溯算

091

刻骨傷痕。未是傷心處。酒
闌爾汝問搔首長吁。支頤
默坐。家國竟何補。 鴻飛
意。豈有金丸能懼。翛翛猶
賸毛羽。誓窮心力迴天地。

092

未覺道途修阻君試數有
多少故人血作江流去中
庭鵑鵑聽殘葉枝頭霜風
獨戰猶似喚邪許
木蘭花慢

093

某君有綴絃之戚
賦詞見示依調慰
之
人生何所似似渴驥湧奔
泉歎一曲清泓無味窮況

094

味甘苦鹹酸幾番醉醒未
了早滔滔哀樂廹中年俠
骨英雄結納情腸兒女纏
綿蕭然落日照烽煙夜
枕綠沈眠又孤夢初回淋

095

鈴悽韻和入驚弦鐙前尚
留情影對丹心華髮耿相
憐離合從來一瞬至情無
間人天
金縷曲

096

三十年六月二十三日。余晤宮崎夫人於日本東京。承以民報時代照片見貽。蓋丙午之秋。

097

革命軍在萍鄉醴陵失敗後。余將偕黃克強赴廣州謀再舉。行前一日。在民報社庭園內所

098

攝。克強倚樹而坐。宮崎夫人之姊氏立於其左。余立於其後。在余之右者為林時塽。再右為

099

魯昜。為章太炎。為何天炯。凡七人。今存者余一人而已。攬之餘。萬感交集。為題金縷曲一闋。

100

護林殘葉忍辭枝。
時埉詩句。斷指謂
克強也。把

小聚
秋聲裏近黃昏離花
搖暝。庭柯彫翠殘葉辭枝

101

未

良忍。耿耿護林心事正嗚
咽風蕭易水三十六年真
電掣。騰晝圖相對渾如寐
誰與攬。澄清轡 故人各
了平生志早一坏黃花嶽

102

麓。心魂相倚為問當時存
者幾落落一人而已又華
髮星星如此騰水殘山嗟
滿目。便相逢匆下新亭淚
為投筆。歌斷指

103

水調歌頭
辛巳中秋寄冰如。
一片舊時月。流影入中庭
問天於世何意歲歲眼常
青天上瓊樓皎潔人世金

104

甌殘缺兩兩苦相形拂衣
含之去欹枕聽長更 飫
孤光似冰雪夜泠泠銀河
清淺怎載得如許飄萍鴻
雁北來還去鳥鵲南飛又

105

止無處不零丁何辭千里
遠共此一窗明
掃以上掃葉集

106

百字令
連日熱甚夜不成
寐既望月出布簟
階上臥觀久之遂
得酣睡至於天明

107

賦此為謝
悶沈沈地忽飛來明月萬
花齊醒香氣因風成百和
瑟瑟動搖清影歷亂茅茨
尋常草樹也入空靈境四

108

圍寂寂。浩歌宜在松頂。
堪笑玉潔姮娥。獨清未辨。
與衆生同病。賴有一丸靈
藥在。化作冷波千頃。蜀犬
收聲。吳牛止喘。美睡從吾

109

領。夢同蛙鼓。廣寒。仙樂同
聽。

朝中措

重九日登北極閣。
讀元遺山詞。至故

110

國江山如畫。醉來
忘卻興亡。悲不絕
于心。亦作一首。

城樓百尺倚空蒼。雁背正
低翔。滿地蕭蕭落葉。黃花

111

留住斜陽。　闌干拍遍。心
頭塊壘。眼底風光。為問青
山綠水。能禁幾度興亡。

以上未刊稿

112（鈐印：忍寒居士丙戌以後讀書記）

跋

詞興於唐人燕樂雜曲。其體或出於里巷。或傳自胡
夷。開天以後詩人。始稍稍以餘力為之。至唐季五代
北宋間。其風乃盛。然亦僅如陳世脩序陽春集所云。
朋僚親舊。或當燕集。多運藻思。為樂府新詞。俾歌者
倚絲竹而歌之。所以娛賓遣興而已。范希文先憂後
樂。乃稍發其悽壯悲慨之懷抱於長短句中。譜將軍
白髮征夫淚之章。可使懦夫增氣。嗣是荊公玉局。競

113

起繼聲。海而天風。哀絲豪竹。具縱橫俊爽之致。而作
者之個性。乃不期然而充溢於字裏行間焉。稼軒出
以豪邁。白石矯以清剛。於是曩日所視為謔浪笑傲
之餘。一轉為沈雄莊肅。由詩之附庸。蔚為大國矣。詞
之充滿生氣。實自希文玉局諸家發之。而極其致於
稼軒白石。然北宋諸賢。於所為詞。類皆不自收拾。惟
任其流播於歌者之口。故後人乃稱之以詩餘。鮮有
自編專集。單刊行世者。世所傳宋本淮海居士長短

114

句。亦僅附於全集之末。且為當時好事者所編。非出
少游自定。至南渡後。始稍稍有專集。已漸流於雕蟲
之末技。苟以塗飾為工。豪傑之士所弗尚也。 雙照
先生。少奮博浪之椎。晚抱救亡之願。又幼承家學。兼
擅倚聲。餘事塡詞。自比於勞者之歌。聊以適性。而俯
仰六十年中事。悽壯悲酸。與夫伊鬱難言之痛。亦往
往於歌詞發之。往日曾仲鳴氏為彙刊小休集稿附
詞卷末。其後先生手加刪訂。續以掃葉集。刊為雙照

115

樓詩詞藁。予曾與於校讎之役。先生之意。固未欲以
詞傳。而世之嗜好先生詞者。他日必為別刊專集。如
東坡樂府。稼軒長短句之例。殆可斷言。 冰如先生
幽縶吳中。手寫此本。以貽其弟婦
朱孝先女士。孝先為先烈執信先生之長女。兩家勳
烈。長耀汗青。即聲以求其情。斯人宛在。詩云。風雨如
晦。雞鳴不已。世猶有先憂後樂。具希文之偉抱。如汪
朱兩先生者乎。 冰如先生手寫茲集之微旨。吾信

116

孝先夫婦。必有以窺知而思所以副之矣。
中華民國三十六年。丁亥孟夏之日。忍寒居士謹跋
於吳門獅子口獄中。

117

（鈐印：無可）

龍榆生題記謄錄如下：

跋

詞興於唐人燕樂雜曲，其聲或出於里巷，或傳自胡夷，開天以後詩人，始稍稍以餘力為之，至唐末五代北宋間，其風乃盛，然亦僅如陳世脩序陽春集所云，朋僚親舊，或當燕集，多運藻思，為樂府新詞，俾歌者倚絲竹而歌之，所以娛賓遣興而已。范希文先憂後樂，乃稍發其悽壯悲憫之懷抱於長短句中，讀將軍白髮征夫淚之章，可使懦夫增氣，嗣是荊公玉局，競起繼聲，海雨天風，哀絲豪竹，具縱橫俊爽之致，而作者之個性，乃不期然而充溢於字裏行間焉，稼軒出以豪邁，白石矯以清剛，於是曩日所視為謔浪笑傲之餘，一轉為沈雄莊肅，由詩之附庸，蔚為大國矣。詞之充滿生氣，實自希文玉局諸家發之，而極其致於稼軒白石，然北宋諸賢，於所為詞，類皆不自收拾，惟任其流播於歌者之口，故後人乃稱之以詩餘，鮮有自編專集，單刊行世者，世所傳宋本淮海居士長短句，亦僅附於全集之末，且為當時好事者所編，非出少游自定，至南渡後，始稍稍有專集，已漸流於雕蟲之末技，苟以塗飾為工，豪傑之士所弗尚也。雙照先生，少奮博浪之椎，晚抱救亡之願，又幼承家學，兼擅倚聲，餘事填詞，自比於勞者之歌，聊以適性，而俯仰六十年中事，悽壯悲酸，與夫伊鬱難言之痛，亦往往於歌詞發之，往日曾仲鳴氏，為彙刊小休集稿，附詞卷末，其後先生手加刪訂，續以掃葉集，刊為雙照樓詩詞藁，予曾與於校讎之役，先生之意，固未欲以詞傳，而世之嗳好先生詞者，他日必為別刊專集，如東坡樂府，稼軒長短句之例，殆可斷言。冰如先生幽繫吳中，手寫此本，以貽其弟婦

朱孝先女士。孝先為先烈執信先生之長女，兩家勳烈，長耀汗青，即聲以求其情，斯人宛在，詩云，風雨如晦，雞鳴不已，世猶有先憂後樂，具希文之偉抱，如汪朱兩先生者乎。冰如先生手寫茲集之微旨，吾信孝先夫婦，必有以窺知，而思所以副之矣。

中華民國三十六年，丁亥孟夏之月，忍寒居士謹跋於吳門獅子口獄中。

雙照樓長短句：一

雙照樓長短句

忍寒署

001（鈐印：忍寒校讀）

小休集

金縷曲 民國紀元前二年北京獄中所作

余居北京獄中嚴冬風雪夜未
成寐忽獄卒推余示以片紙摺
皺不辨行墨就鐙審視赫然冰
如手書也獄卒附耳告余此紙

002

乃傳遞展轉而來促作報章余
欲作書懼漏洩倉猝未知所可
忽憶平日喜誦顧梁汾寄吳季
子詞為冰如所習聞欲書以付
之然馬角烏頭句易為人所賦
且非余意所欲出乃匆匆塗改

003

以成此詞以冰如書中有忍死
須臾云云慮其留京賈禍故詞
中峻促其離去冰如手書留之
不可棄之不忍乃咽而下之冰
如出京後以此詞示同志遂漸
有傳寫者在未知始末者見之

004

必以余為勦襲顧詞矣此詞無
可存之理所以存之者亦當日
咽書之微意云爾
別後平安否便相逢淒涼萬事不堪回
首國破家亡無窮恨禁得此生消受又
添了離愁萬斗眼底心頭如昨日訴心

005

期夜夜常携手一腔血為君剖淚痕
料漬雲箋透倚寒衾循環細讀殘燈如
豆留此餘生成底事空令故人僝僽愧
戴卻頭顱如舊跋涉山河知不易願孤
魂繚護車前後腸已斷歌難又
念奴嬌

006

偕冰如泛舟長江中流賦此以
下民國元年
飄飄一葉看容如枕波痕如簟誰道長
江千里直盡入襟頭舒卷暮靄初收月
華新浴風定波微蘋翛然拔手雲帆與
意俱遠記否煙樹淒迷年年飄泊淚

007

灑關河遍恨縷愁絲千萬結纔向東風
微展野藿同甘山泉分汲蘖枕平生願
呢喃何語掠舷曾笑雙燕看山容
此詞經冰如推敲再三然後定
稿附記於此
高陽臺

008

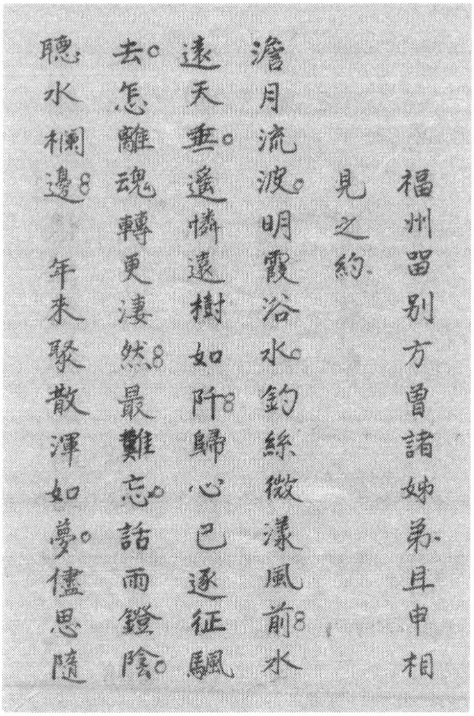

福州留别方曾諸姊弟且申相
見之約、
澹月流波。明霞浴水。釣絲微漾風前◎水
遠天無。遙憐遠樹如阡◎歸心已逐征颿
去。怎離魂轉更淒然◎最難忘。話雨鐙陰。
聽水欄邊◎ 年來聚散渾如夢。儘思隨

009

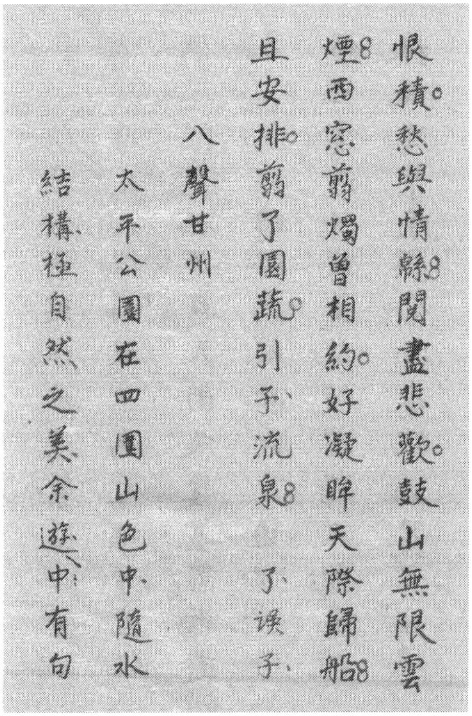

恨積。愁與情緜◎閱盡悲歡。鼓山無限雲
煙◎西窗翦燭曾相約。好凝眸天際歸船◎
且安排。翦了園蔬。引子、流泉◎ 了、誤子、
八聲甘州
太平公園在四圍山色中、隨水
結構、極自然之美。余遊中、有句

010

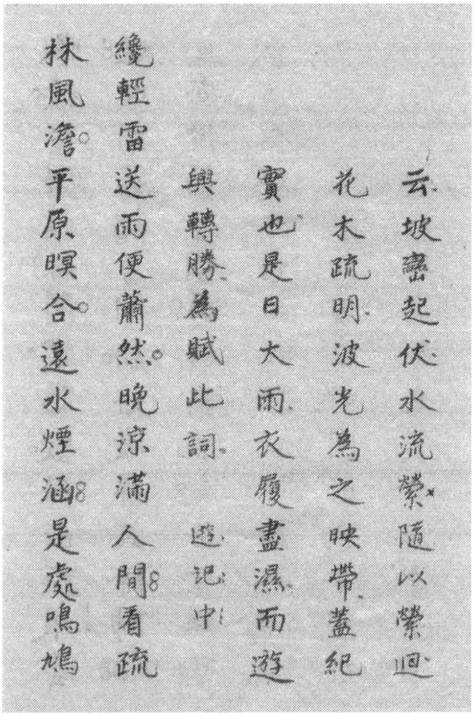

云、坡巒起伏、水流縈、隨以縈迴、
花木疏明、波光為之映帶、蓋紀
實也、是日大雨、衣履盡濕、而遊
興轉勝、為賦此詞、 遊記中、
纔輕雷送雨便蕭然。晚涼滿人間◎看疏
林風澹。平原暝合。遠水煙涵◎是處鳴鳩

011

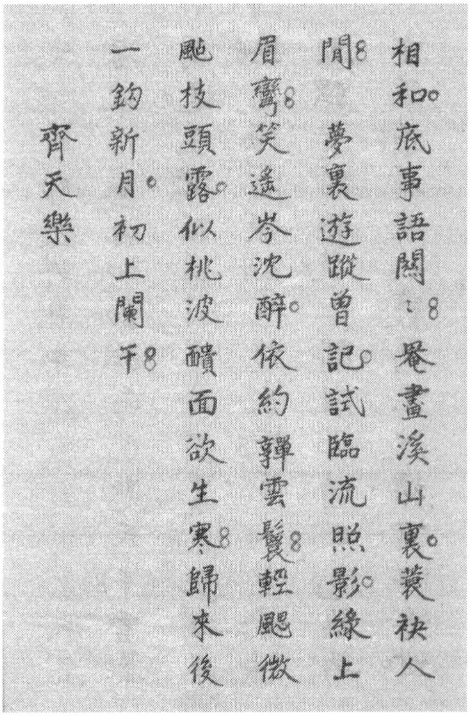

相和。底事語閑〻◎卷畫溪山裏。薆袂人
間◎夢裏遊蹤曾記。試臨流照影。綠上
眉彎◎笑遙岑沈醉。依約彈雲鬟◎輕颸微
颭枝頭露。似桃波醴面欲生寒◎歸來後
一鈎新月。初上闌干◎
齊天樂

012

印度洋舟中

海波浮簸山如動。孤舟已懸天半8雲幕周遮。星鋩搖漾。月黑冷燐零亂8狂瀾正捲8怎海若頻翻。魚龍未厭8夢入空濛。射潮強弩倩誰挽8 闕河此時日遠8鎮無言徙倚。清淚如霰8萬里波濤。百年身世。

013

一樣蒼茫無畔8幡然意渙。羨浴羽鷗閒。眠窩燕嬾。驀地憂來。奈何空自喚8

百字令

七月登瑞士碧勒突斯斯山巔

遇大風雪

泠然風善。忽吹來人在廣寒深處8應是

014

仙峯天外秀。不受人間塵土8四遠微茫。一鈔縹緲。白了山中路8披煙下望。青青鬟黛無數。還笑初試荷衣。又吟柳絮。萬象更如許8石磴幽花神自峭。慣與長松為侶8孤嶼如樽。明湖似琖。好把酡顏駐8酒醒夜白。寒雲枕下來去8

015

浪淘沙

紅葉

江樹暮鴉翻8千里漫漫8斜陽如在有無間8臨水也知顏色好。只是將殘8秋色陌頭寒8幽思無端8西風來易去時難8一夜杜鵑啼不住。血滿關山8

016

蝶戀花

冬日得國內友人書道時事甚悉悵然賦此

雨橫風狂三月暮。入夜清光。耿耿還如故。抱得月明無可語。念他憔悴風和雨。天際遊絲無定處。幾度飛來。幾度仍

017

飛去。底事情深愁亦妒。愁絲永絆情絲住。

高陽臺

冰如導遊西湖賦此

風葉書窗。霜籐繡壁。蕭疏近水人家。初日鈎簾。遙青恰快擔牙。湖山已似曾相

018

識。況舊游人倚屏紗。最句留。泉冷風篁。石醉煙霞。　湖光不被芳隄隔。但東西吹柳。遠近浮花。水澹山柔。輕煙暈出清華。夷猶一棹凌波去。亂野鳧飛入蒹葭。夜如何。皓月當頭。照澈天涯。

蝶戀花　以下十一年

019

昔聞展堂誦其中表文芸閣所為詞、有一寸山河一寸傷心地之句、未嘗不流連反覆、感不絕於心、近得雲起軒詞讀之、則似已易為寸寸關河、寸寸銷魂地、頗二語意境各殊、不能無割愛

020

之憾、余冬日渡遼、所經行地劇
目怵心、不忍彈述、爰就原句足
成此闋、點金之誚、所不敢辭、掠
美之愆、庶幾知免云爾、
雪偃蒼松如畫裏8一寸山河。一寸傷心
地8浪嚙巖根危欲墜8海風吹水都成淚8

021

夜涉冰澌尋故壘8冷月荒荒。照出當
年事8蒿塚老狐魂亦死8髑髏舊髻酸風
起8

蝶戀花

大連曉望

客裏登樓驚信美8雪色連空。初日還相

022

媚8玉水含暉清見底8編峯一一生霞綺8
水繞山橫仍一例8昔日荒邱。今日鮫
人市8無限樓台朝靄裏8風光不管人憔、
悴8

采桑子 以下十二年

人生何苦催頭白。知也無涯8憂也無涯8

023

且趁新晴看落霞8春光釀出湖山美。
纔見閒花又見飛花8潦草東風亦可嗟8

綺羅香

冰如有美洲之行、賦此送之、

月色輕黃。花陰淡墨。寂寂春深庭戶8自
下重簾。不放游絲飛去8博今宵絮語西

024

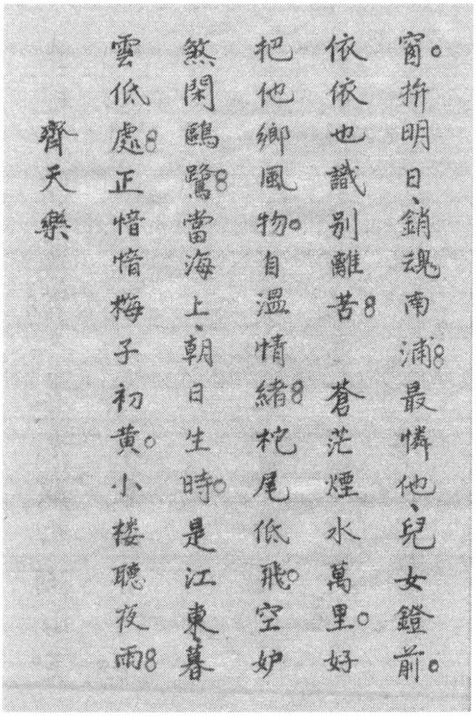
窗。折明日、銷魂南浦◎最憐他、兒女鐙前。
依依也識別離苦◎ 蒼茫煙水萬里。好
把他鄉風物。自溫情緒◎柁尾低飛。空妒
煞閑鷗鷺◎當海上、朝日生時。是江東暮
雲低處◎正愔愔梅子初黃。小樓聽夜雨◎
齊天樂

025

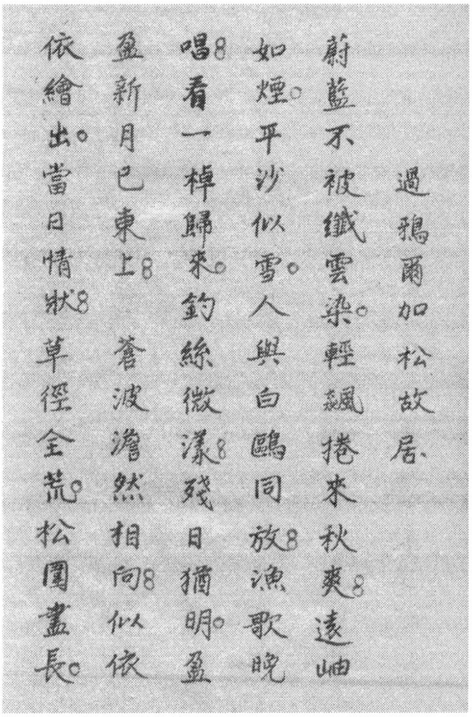
過鴉爾加松故居、
蔚藍不被纖雲染。輕颺捲來秋爽◎遠岫
如煙。平沙似雪。人與白鷗同放◎漁歌晚
唱◎看一棹歸來。釣絲微漾◎殘日猶明。盈
盈新月已東上◎ 蒼波澹然相向◎似依
依繪出。當日情狀◎草徑全荒。松圍盡長。

026

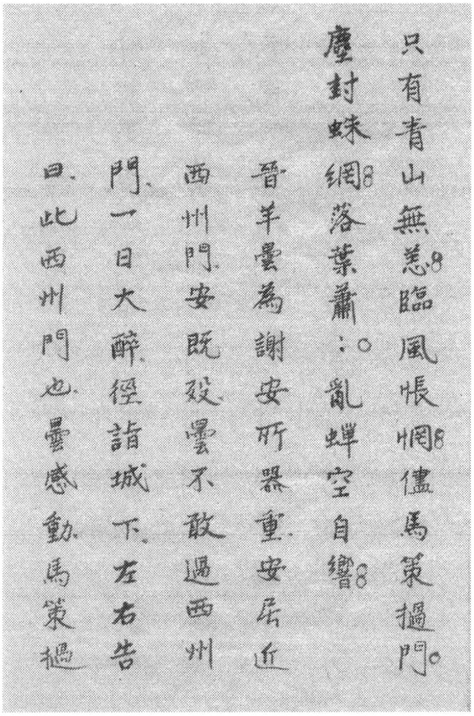
只有青山無恙◎臨風悵惘◎儘馬策撾門。
塵封蛛網◎落葉蕭蕭。亂蟬空自響◎
晉羊曇為謝安所器重、安居近
西州門、安既歿、曇不敢過西州
門、一日大醉、徑詣城下、左右告
曰、此西州門也、曇感動、馬策撾

027

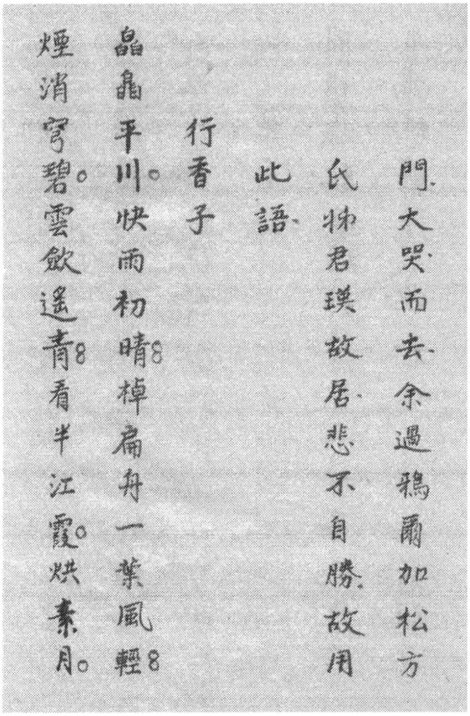
門、大哭而去、余過鴉爾加松方
氏、姊君瑛故居、悲不自勝、故用
此語、
行香子
晶晶平川。快雨初晴◎棹扁舟一葉風輕◎
煙消穹碧。雲斂遙青◎看半江霞。烘素月。

028

作徵顏。圓波如鏡。疎林倒照。似蟾宮桂影縱橫。冥然兀生。風露泠泠。儘月搖心。波搖月。兩無聲。

探春慢

風惜殘紅。雨培新綠。又是一番天氣。淺草鳴蛙。浮萍聚鴨。各有十分生意。誰道

029

春歸了。看滿眼芳菲如此。空憐嗁鴂多情。聲聲為春憔悴。省識清和好。味況野色晚來。恰稱新霽。薄靄收霏。流虹散彩。玉宇天然無滓。一點谿山月。曾照我杏花陰裏。只願清輝。湛然不令心起。

浣溪沙

030

遠接青冥近畫闌。鷗飛渺渺不知還。陵高覺彌碧波寬。玉宇鮮澄新雨後。翠嵐融冶夕陽間。果然人世有清安。

百字令

蒙特爾山中作

蒼崖四合。悄無人惟見。玉龍飛舞。萬仞

031

盤紆行漸上。卻似淩虛微步。衆壑森森。連山簇簇。捲入雲濤去。一峯未沒。傑然如作孤注。堪歎玉宇瓊樓。清寒如此。留得何人住。縱使素娥能耐冷。脈脈此情誰訴。小夢醒來。殘輝猶在。滴滴沾衣露。曙霞紅映。霓裳應為君賦。

032

掃葉集

踈影

菊

行吟未罷。乍悠然相見。水邊林下。半塌東籬。淡淡踈踈。點出秋光如畫。平生絕俗違時意。卻對我一枝瀟灑。想淵明偶

033

賦閒情。定為此花縈惹。正是千林脫葉。看斜陽闃寂。山色全赭。莫怨荒寒。木末芙蓉。冷艷踈香相亞。不同桃李閒花日。準備了霜風吹打。把素心寫入琴絲。聲滿月明清夜。

百字令

034

水仙花

靈均去矣。向瀟湘留滯。千秋顏色。猶有平生遲暮感。況是霏霏雨雪。玉色溫溫。金心的的。人與花同德。飛塵不到。冷蹤只在泉石。

小鉢供養齋頭。深灯曲几。清影搖纖帙。伴取梅花三兩點。也似曉

035

星殘月。靜始聞香。淡終生艷。夢化莊生蝶。獨醒何意。銀臺試為浮白。

拾遺記、楚人思慕屈平、謂之水仙、羣芳譜、水仙花白圓如酒杯、中心黃蕊名金盞銀臺。古來詠水仙花者、山谷之詩、稼軒之詞膾炙人口、然自是淩

036

波解珮揺筆即來朱竹垞詞始刱禁
體、風調獨勝晴窓坐對、聊復效顰、以
資笑噱云爾、

金縷曲

唬鳩催山醒。轉幽深沈沈雉堞。柳萬揺
暝。攬淂清輝凝眸處。身在萬桃花頂。正

麗色澄空相映。漠漠輕煙閒漸淡。擁千
鬟一水明如鏡。還照取。鷺飛影。桃源、
不在虛無境。在人間林鴉音好。巷花聲
靜。君看柴門春風入。菜甲麥芒齊迸。且
放下老農鑱柄。難淂飯餘當戶坐。願春
光爛漫從渠領。歌一曲。水泉聽。

浣溪沙

過吳淞口、

小艇依然繫水門。門前落葉正紛紛。餓
鴉病雀不能言。衰柳鎮憐今日影。寒
潮苦覓舊時痕。靜中揺動寂中喧。

風蝶令

白海棠、

柔蒂和煙鄲。幽花帶雪融。欲開還斂閟
芳容。淂似蛸蠐微俛意惺忪。格澹光
彌艷。神清態轉穠。珠簾不約晚來風。吹
起一庭香月照玲瓏。

百字令

流徽榭即事

春風桃李。比梅花時節。多些芳綠。浩浩川原舒窈窕。是處山邱華屋。草露含滋。林煙散暈。萬象如膏沐。玉闌干外。柳絲初裊晴旭。

日暮窮巷牛羊。畫堂燕雀。各自尋歸宿。留得蒼然山色在。領取人

041

間幽獨。潭水悠悠。落霞嫋嫋。樹影重重疊。低頭吟望。疎鐘已動靈谷。

百字令

春暮郊行

茫茫原野。正春深夏淺。芳菲滿目。蓄得新亭千斛淚。不向風前棖觸。澶碧波恬。

042

浮青峯軟。煙雨皆清淑。漁樵如畫。天真只在茅屋。

堪歎古往今來。無窮人事。幻此滄桑局。得似大江流日夜。波浪重重相逐。劫後殘灰。戰餘棄骨。一例青青覆。鵑唬血盡。花開還照空谷。

憶舊遊

043

落葉

歎護林心事。付與東流。一往淒清無限留連意。奈驚飆不管。催化青萍。已分去潮俱渺。回汝又重經。有出根寒。絮空水枝老。同訴飄零。天心正搖落。算菊芳蘭秀。不是春榮。摵摵蕭蕭裏。要滄桑換

044

了。秋始無聲◎伴得落紅歸去。流水有餘響◎儘歲暮天寒。冰霜追逐千萬程◎（自出水根裏）

金縷曲（用梅影書疊詞自）

緣遍池塘草◎更連宵淒其風雨。萬紅都渺◎寡婦孤兒無窮淚。算有青山知道◎早染出龍眠畫藁◎一片春波流

045

日影。過長橋又把平堤繞◎看新塚。添多少◎故人落落心相照◎歎而今生離死別。總尋常了◎馬革裹尸仍未返。空向墓門憑弔◎只破碎山河難料◎我亦瘡痍今滿體。忍須臾一見欃槍掃◎逢地下。兩含笑◎

山河誤生河

046

虞美人

空梁曾是營巢處◎零落年時侶◎天南地北幾經過◎到眼殘山賸水已無多◎夜深案牘明鐙火◎閣筆淒然我◎故人熱血不空流◎挽作天河一為洗神州◎

滿江紅

047

驀地西風。捲起我亂愁千疊◎空凝望故人已矣。青燐碧血◎魂夢不堪關塞濶。瘡痍漸覺乾坤窄◎便劫灰冷盡萬千年。情猶熱◎煙飲處。鍾山赤◎雨過後。秦淮碧◎似哀江南賦。淚痕重濕◎邦殄更無身可贖。時危未許心能白◎但一成一旅起從

048

頭。無遺力，吹有作捲

滿江紅

庚辰中秋

一點冰蟾。便做出十分秋色，光滿處家

家愁羃。一時都揭，世上難逢乾淨土。天

心終見重輪月，歎桑田滄海亦何常。圓

049

還缺，雁陣杳。蛩聲咽，天寥闊。人蕭瑟，

髏無邊衰草。苦縈戰骨，挹九霄取風露

冷。滌來萬里關河潔，看分光流影入疎

巢。烏頭白。

挹取九霄

虞美人

庚辰重陽前三日、方君璧妹在

050

南京書肆中得滿城風雨近重

陽圖、蓋前歲旅居漢臯時懸之

齋壁者、為題二詞於其右、

週遭風雨城如斗，悽愴江潭柳，昔時曾

此見依依，爭遣如今憔悴不成絲，等

閒歷了滄桑劫，楓葉明於血，卻憐畫筆。

051

太纏綿，妝點山容水色似當年，

秋來彫盡青山色，我亦添頭白，獨行踽

踽已堪悲，況是天荊地棘欲何歸，閉

門不作登高計，也攬茱萸涕，誰云壯士

不生還，看取築聲椎影滿人間，

浣溪沙

052

053

廣州家園中作

英石岧岧俛畫闌◎觀音竹映小盆山◎餘生還淂故園看◎撤攬青於饑者面。木棉紅似戰時瘢◎尚存一息未應閒◎

邁陂塘

二十九年十一月一日晚飯時、

054

家人忽以杯酒相屬、問之、始知為五年前余為賊所斫不、死而設也因賦此詞、

春秋換了、歎等閒、春秋了、鐙前雙鬢非故◎艱難換、留淂餘生在。纔識餘生更苦◎休重溯◎算刻骨傷痕。未是傷心處◎酒闌爾汝◎問搔

055

首長吁。支頤默坐。家國竟何補◎鴻飛意。豈有金丸能懼◎脩脩猶賸毛羽◎誓窮心力迴天地。未覺道途修阻◎君試數◎有多少故人。血作江流去◎中庭踽踽聽殘葉枝頭。霜風獨戰。猶似嘆邪許◎

木蘭花慢

056

某君有輟絃之戚賦詞見示、依調慰之、

人生何所似。似渴驥湧奔泉◎歎一曲清泓。無窮況味。甘苦鹹酸幾番◎醉醒未了。早滔滔哀樂迫中年◎俠骨英雄結納。情腸兒女纏綿◎蕭然落日照烽煙◎夜枕

緣沈眠。又孤夢初回。淋鈴悽韻。和入驚
弦。鐙前。尚留倩影。對丹心華髮耿相憐。
離合從來一瞬。至情無間人天。入驚
金縷曲
三十年六月二十三日、余晤宮
崎夫人於日本東京、承以民報

057

時代照片見貽、蓋丙午之秋、革
命軍在萍鄉醴陵失敗後、余將
偕黃克強赴廣州謀再舉、行前
一日、在民報社庭園內所攝、克
強倚樹而坐、宮崎夫人之姊氏
立於其左、余立於其後、在余之

058

右者為林時塽、再右為曾易、為
章太炎、為何天炯、凡七人、今存
者余一人而已、把覽之餘、萬感
交集、為題金縷曲一闋、護林殘
葉忍辭枝、時塽詩句、斷指謂克
強也、

059

小聚秋聲裏。近黃昏籬花搖暝、庭柯彫
翠。殘葉辭枝良未忍。耿耿護林心事。正
嗚咽風蕭易水。三十六年真電掣。賸畫
圖相對渾如寐。誰與攬。澄清轡。故人
各了平生志。早一坏黃花嶽麓。心魂相
倚。為問當時存者幾。落落一人而已。又

060

華髮星星如此◎賸水殘山嗟滿目。便相
逢勿下新亭淚◎為投筆。歌斷指◎

水調歌頭

辛巳中秋寄冰如、

一片舊時月。流影入中庭◎問天於世。何
意歲歲眼常青◎天上瓊樓皎潔。人世金

061

甌殘缺。兩兩苦相形◎拂衣舍之去。歌枕
聽長更◎ 飫孤光。似水雪。夜冷冷◎銀河
清淺。怎載得如許飄萍◎鴻雁北來還去。
烏鵲南飛又止。無處不零丁◎何辭千里
遠。共此一窗明◎

062

未刊稿

百字令

連日熱甚、夜不成寐既望月出、
布簟階上、卧觀久之遂得酣睡
至於天明、賦此為謝、

悶沈沈地。忽飛來明月萬花齊醒◎香氣

063

因風成百和。瑟瑟動搖清影◎歷亂爭茨。
尋常草樹。也入空靈境◎四圍寂寂。浩歌
宜在松頂◎ 堪笑玉潔姮娥。獨清未辨。
與衆生同病◎賴有一丸靈藥在。化作冷
波千頃◎蜀犬收聲。吳牛止喘。美睡從吾
領◎夢同蛙鼓。廣寒仙樂同聽◎

064

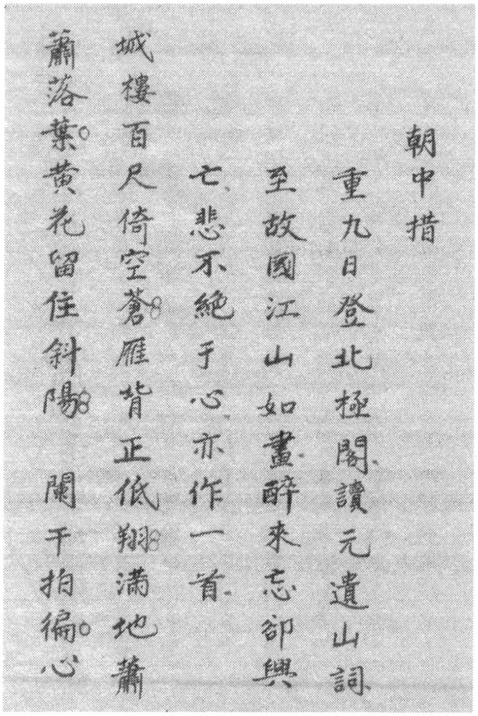
朝中措
重九日登北極閣，讀元遺山詞
至故國江山如畫，醉來忘卻興
亡，悲不絕于心，亦作一首。
城樓百尺倚空蒼，雁背正低翔。滿地蕭
蕭落葉，黃花留住斜陽。闌干拍徧，心

065

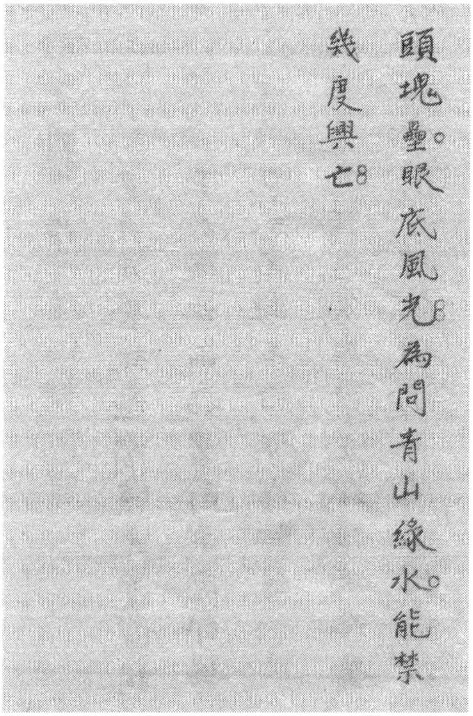
頭塊壘，眼底風光。為問青山綠水，能禁
幾度興亡。

066

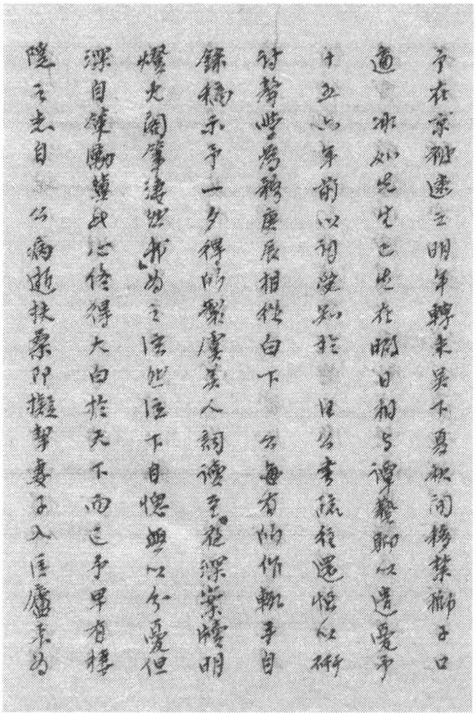
予在京離遠之明年轉來吳下易秋間楊某挈獅子口
逾 冰如先生亦先在暇日相與譚藝聊以遣憂予
十五六年前以詞學知於 公書疏往還恨以所
好聲些為称庚辰相從白下 公每有所作輒手自
錄稿示予一夕得所製虞美人詞讀之在深宮寢明
燈火閣筆淒然亦為之泫然淚下自愧無以分憂但
深自嘆勵冀此心終得大白於天下而亡予早有攜
隱之志自 公病逝扶桑即擬挈妻子入匡廬為

067

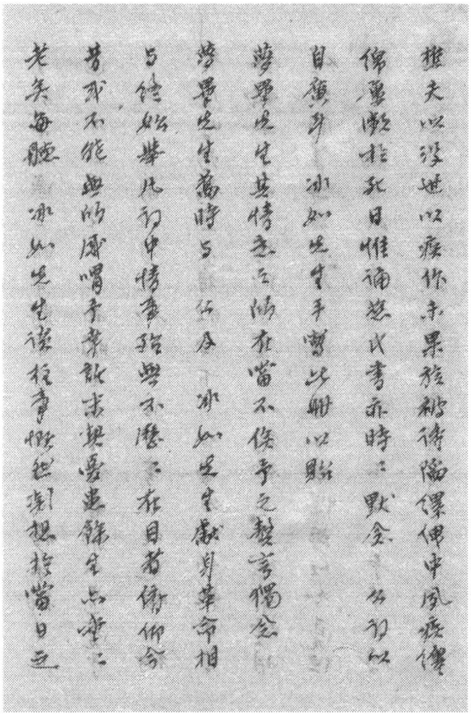
樵夫以終世以疾作未果旋被俘陷縲絏中風疾傳
偏重數於秋日惟誦惑式書亦時時默念 公詞以
自廣身 冰如先生手寫此冊以貽
夢罷先生其情意之殷在當不僅予之契言獨念
勞罷先生為時與 公合 冰如先生獻身革命相
與終始舉凡剏中情事諸與不勝不在目前衛仰今
昔求不能無所感喟予乃就求其遺墨餘生亦無之
老矣每睹 冰如先生誤於事慨然淚想於當日並

068

龍榆生題記謄錄如下：

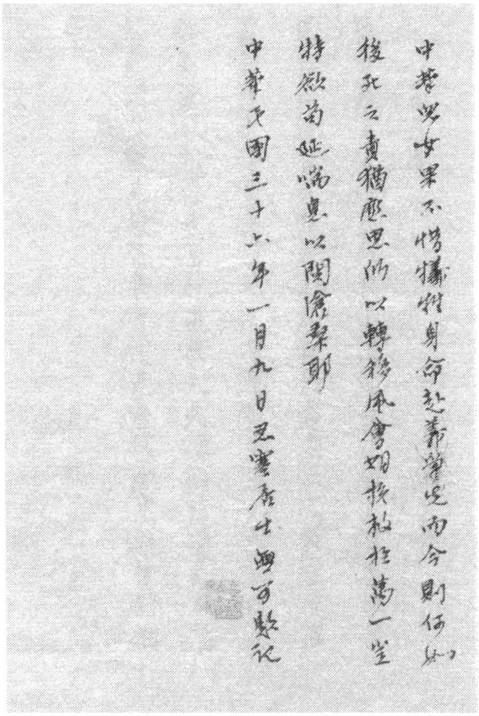
中華兒女果不惜犧牲身命赴義爭先而今則何如
後死之責猶應思所以轉移風會期挽救於萬一豈
特欲苟延喘息以閱滄桑耶
中華民國三十六年一月九日忍寒居士無可題記

069（鈐印：忍寒校讀）

予在京被逮之明年轉來吳下，夏秋間移禁獅子口。適冰如先生正先在，暇日相與譚藝，聊以遣憂。予十五六年前以詞受知於汪公，書疏往還，恒以研討聲學為務，庚辰相從白下，公每有所作，輒手自錄稿示予，一夕得所製，〈虞美人〉詞讀至「夜深案牘明燈火，閣筆淒然我」為之泣然泣下，自愧無以分憂，但深自策勵，冀此心終得大白於天下而已，予早有棲隱之志，自公病逝扶桑，即擬挈妻子入匡廬，長為樵夫以沒世，以疾作未果，旋被誘陷縲絏中，夙疾纏綿，屢瀕於死，日惟誦慈氏書，亦時時默念公詞以自廣耳。冰如先生手寫此冊以貽夢畢先生其情意之所在，當不俟予之贅言，獨念夢畢先生舊時與公及冰如先生獻身革命，相與終始，舉凡詞中情事，殆無不歷歷在目者，俯仰今昔或不能無所感喟，予幸託末契，憂患餘生，亦垂垂老矣，每聽冰如先生談往事，慨然凝想於當日之中華兒女果不惜犧牲身命，赴義爭先，而今則何如後死之責，猶應思所以轉移風會，期挽救於萬一，豈特欲苟延喘息以閱滄桑耶。

中華民國三十六年一月九日忍寒居士無可題記

「汪公」指汪精衛；「夢畢先生」指曾醒（1882–1954），字夢畢，福州侯官（今閩侯）人。人稱三姑。方聲濂之妻，曾仲鳴之姊。清末留日期間加入同盟會，民國成立後曾任福建女子師範學校兼學，國民黨婦女部第一任部長，廣州執信學校校長，以及汪精衛南京國民政府之中央監察委員。

高陽臺　何文傑

梧葉敲窗蛩吟在砌夜涼漸覺秋清霜月飛來淒然
風露泠泠孤光乍洗輕塵淨牖簷前三兩疏星更盈
盈銀漢迢迢碧落空明　堪驚聚散真如夢但淒涼
顧影淡眼惺忪千里神遊故人此際心情增高都隔
笙歌調怨飄來短笛哀聲漫追尋縹渺虛無依約湘
靈

又　冰如

070

中秋却寄諸兒

玉宇昏昏銀河黯黯夜闌徹語高墻砌影蛩聲捲簾
人自相望姮娥不恨聽風雨恨哀鴻遍野悽皇最難
禁山軟梅花泉冷蒲翠　吳宮歷歷經行處痛雁行
摧折血滿江鄉一瓣心香伶俜聊拜空王清吟不絕
中秋謂當年伴襟袖淋浪顧兒曹關隱沖和蘊抱深
長

梅花山為汪公墓地蒲圍為方君瑛女士葬魂之所歷行白門頗欲謁二公也中秋謂謁汪公墓畢中秋近有詩詞寄冰如先生也　忍寒附注

又　忍寒居士

071

丙戌中秋　冰如先生有和其壻何君之作
索予繼聲久無以應轉眼又是嶺梅開候矣
傷離念往渺兮予懷遠慕長吟因成此闋奉
為　冰如先生五十六歲壽

望杳遺弓愁侵短髮驚夢回蟬咽殘聲前席虛懷如今
怎奈蒼生丹楓已逐吳波冷亂樓笳劍雁宵征怕飄
零向暖南枝疏淡梅英　陰凝可到回陽候但憑將
潮氣洗出青冥瘦了黃花依然卓立霜晴滄桑一霎

072

渾閒事忍伶俜肯轉春榮最關情曾謁幽蘭淺酹瑤
觥

又　何文傑

重陽後一日連宵風雨達旦不寐賦此却寄

簷溜催更蛩吟怨雨夜闌猶自無眠衾冷鐙殘重尋
舊夢如煙西風已是愁滋味況羈人長在愁邊漸吹
成襟袖淋浪清淚漣漣　重樓不到孤鴻信嘆白雲
珠海一別經年三徑無存故園遠隔南天如今處處

073

生荊杞到秋來轉更淒然莫重提香月高臺醉倒花
前

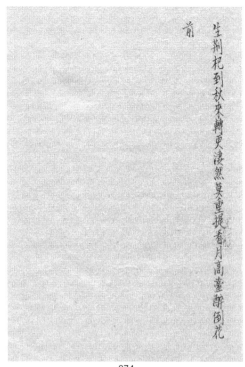

074

雙照樓長短句：二

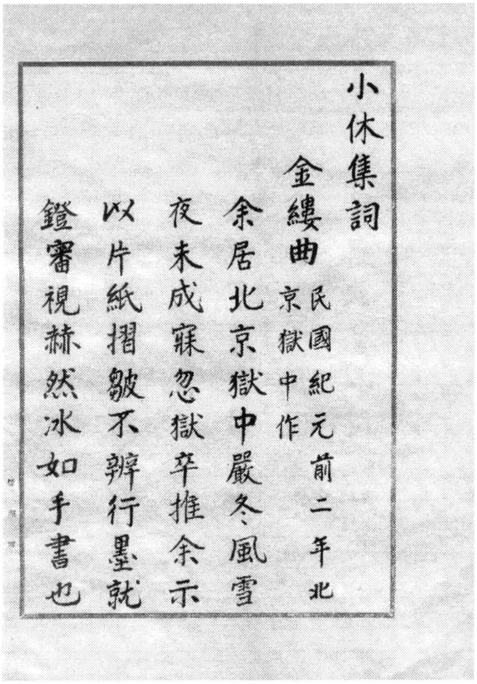

小休集詞

金縷曲 民國紀元前二年北京獄中作

余居北京獄中嚴冬風雪夜未成寐忽獄卒推余示以片紙摺皺不辨行墨就鐙審視赫然冰如手書也

001

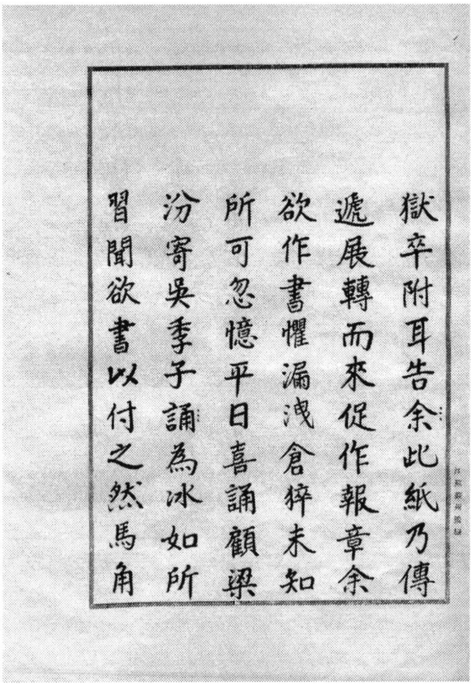

獄卒附耳告余此紙乃傳遞展轉而來促作報章余欲作書懼漏洩倉猝未知所可忽憶平日喜誦顧梁汾寄吳季子詞為冰如所習聞欲書以付之然馬角

002

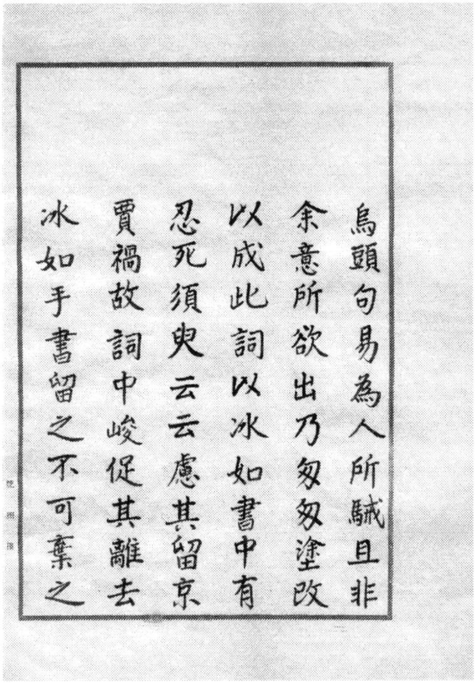

烏頭句易為人所駴且非余意所欲出乃匆匆塗改以成此詞以冰如書中有忍死須臾云云慮其留京賈禍故詞中峻促其離去冰如手書留之不可棄之

003

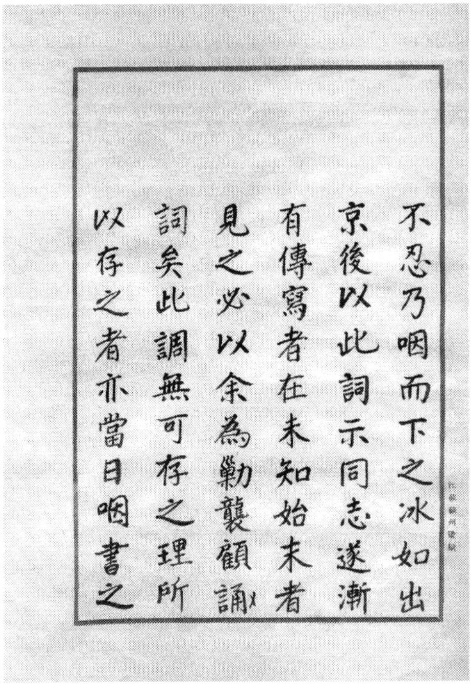

不忍乃咽而下之冰如出京後以此詞示同志遂漸有傳寫者在未知始末者見之必以余為勦襲顧誦詞矣此調無可存之理所以存之者亦當日咽書之

004

微意云爾 予余通 誦 詞誤

別後平安否便相逢淒涼萬事不
堪回首國破家亡無窮恨禁得此
生消受又添了離愁萬斗眼底心
頭如昨日訴心期夜夜常攜手一
腔血為君剖 淚痕料漬雲箋透

005

倚寒衾循環細讀殘鐙如豆留此
餘生成底事空令故人僝僽愧戴
卻頭顱如舊跋涉關河知不易願
孤魂繚護車前後腸歌已斷難又

念奴嬌 以下民國元年

偕冰如泛舟長江中流賦

006

此

飄颻一葉看山容如枕波痕如簟
誰道長江千里直盡入襟頭舒卷
暮靄初收月華新浴風定波微翦
翛然攜手雲帆與意俱遠 記否
煙樹淒迷年年飄泊淚灑關河遍

007

恨縷愁絲千萬結纔向東風微展
野蘿同甘山泉分汲蓑袂平生願
呢喃何語掠舷曾笑雙燕

此詞經冰如推敲再三然後定稿附記於此

高陽臺

福州留別方曾諸姊弟且

008

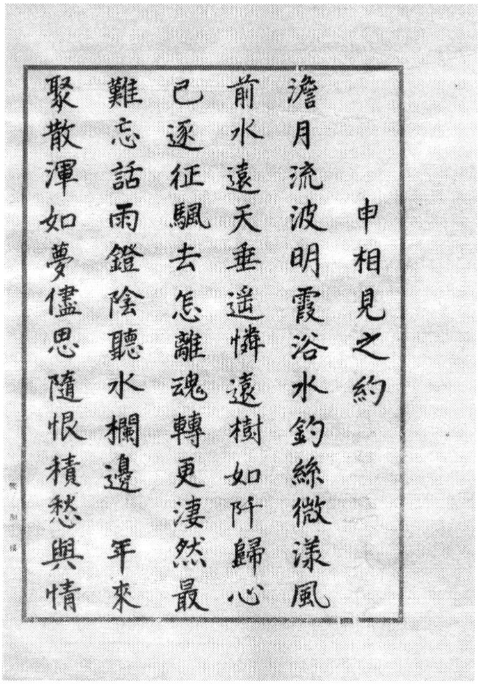
申相見之約
澹月流波明霞浴水釣絲微漾風
前水遠天垂遥憐遠樹如阡歸心
已逐征颿去怎離魂轉更淒然最
難忘話雨鐙陰聽水欄邊　年來
聚散渾如夢儘思隨恨積愁與情

009

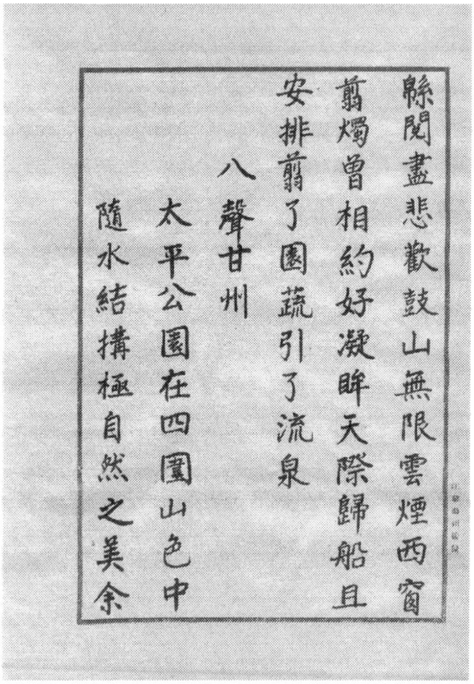
緜閱盡悲歡鼓山無限雲煙西窗
翦燭曾相約好凝眸天際歸船且
安排翦了園蔬引了流泉
八聲甘州
太平公園在四圍山色中
隨水結構極自然之美余

010

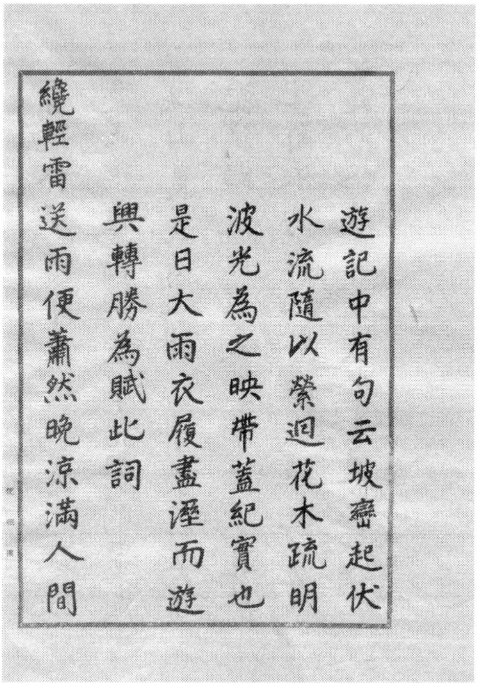
遊記中有句云坡巒起伏
水流隨以縈迴花木疏明
波光為之映帶蓋紀實也
是日大雨衣履盡溼而遊
興轉勝為賦此詞
纔輕雷送雨便蕭然晚涼滿人間

011

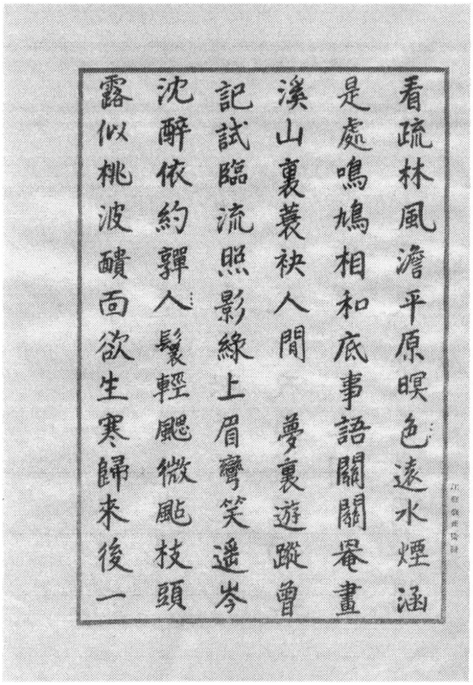
看疏林風澹平原暝色遠水煙涵
是處鳴鳩相和底事語關關晷畫
溪山裏蓑袂人間　夢裏遊蹤曾
記試臨流照影綠上眉彎笑遥岑
沈醉依約嚲人鬟輕颸微颭枝頭
露似桃波頮面欲生寒歸來後一

012

釣新月初上闌干 合誤色雲誤人

齊天樂

印度洋舟中

海波浮皺山如動孤舟已懸天半
雲幕周遮星鋩搖漾月黑冷燐零
亂狂瀾正捲怎海若頻翻魚龍未

013

厭夢入空濛射潮强弩倩誰挽
關河此時日遠鎮無言徙倚清淚
如霰萬里波濤百年身世一樣蒼
茫無畔幡然意渙羨浴羽鷗閒眠
窩燕嬾驀地憂來奈何空自喚

百字令

014

七月登瑞士碧勒突斯山
巔遇大風雪

冷然風善忽吹來人在廣寒深處
應是仙峯天外秀不受人間塵土
四遠微茫一錦縹緲白了山中路
披煙下望青青鬟黛無數 還笑

015

笑試荷衣又吟柳絮萬象更如許
石磴幽花神自峭慣與長松為侶
孤嶼如樽明湖似琖好把酡顏駐
酒醒夜白寒雲枕下來去 初誤笑

浪淘沙

紅葉

016

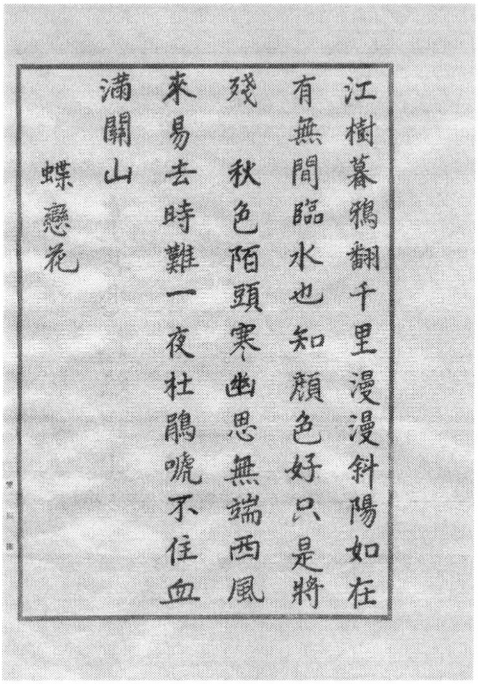
江樹暮鴉翻千里漫漫斜陽如在
有無間臨水也知顏色好只是將
殘秋色陌頭寒幽思無端西風
來易去時難一夜杜鵑嗁不住血
滿關山
蝶戀花

017

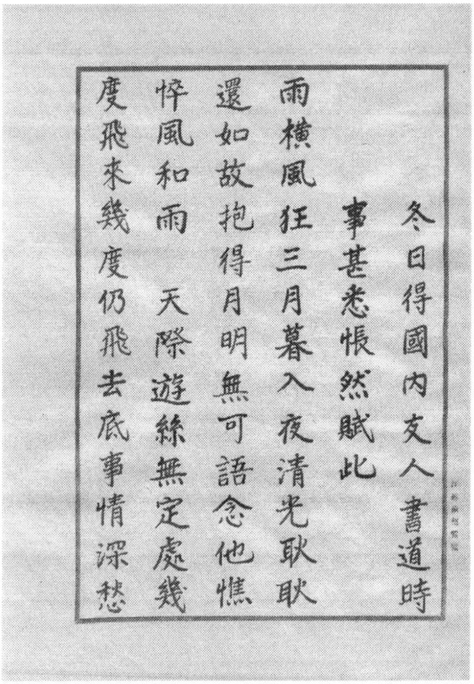
冬日得國內友人書道時
事甚悲悵然賦此
雨橫風狂三月暮入夜清光耿耿
還如故抱得月明無可語念他憔
悴風和雨 天際遊絲無定處幾
度飛來幾度仍飛去底事情深愁

018

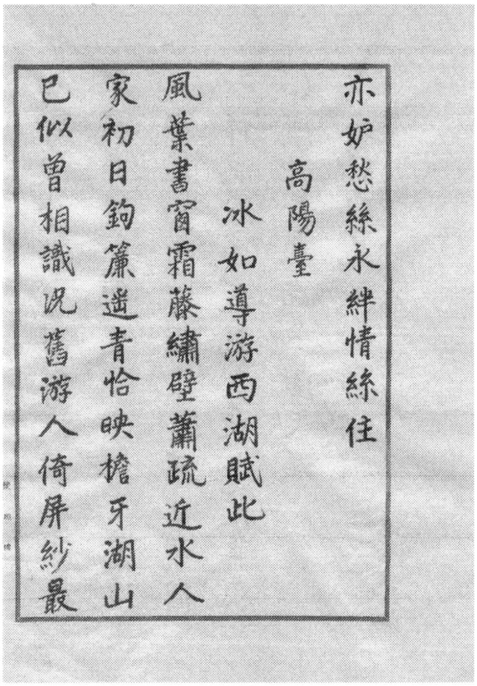
亦妒愁絲永絆情絲住
高陽臺
冰如導游西湖賦此
風葉書窗霜藤繡壁蕭疏近水人
家初日鉤簾遙青恰映檐牙湖山
已似曾相識況舊游人倚屏紗最

019

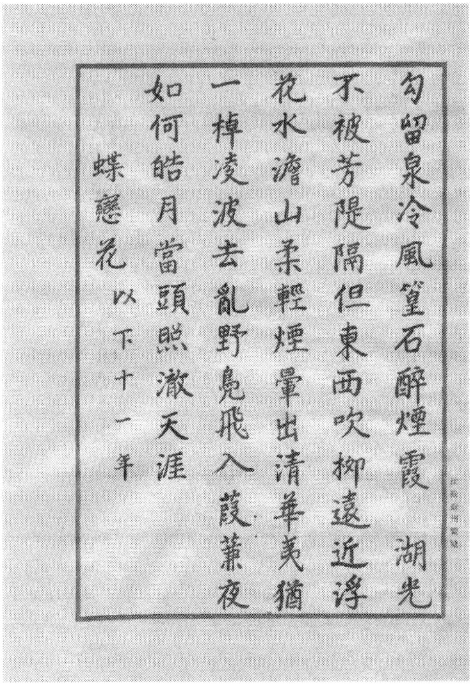
勾留泉冷風篁石醉煙霞 湖光
不被芳隄隔但東西吹柳遠近浮
花水澹山柔輕煙暈出清華美猶
一棹凌波去亂野鳧飛入葭蕭夜
如何皓月當頭照澈天涯
蝶戀花 以下十一年

020

昔聞展堂誦其中表文芸
閣所為詞有一寸山河一
寸傷心地之句未嘗不流
連反覆感不絕于心近得
雲起軒詞讀之則似已易
為寸寸關河寸寸銷魂地

021

顧二語意境各殊不能無
割愛之憾余冬日渡遼所
經行地劇目怵心不忍殫
述爰就原句足成此闋點
金之誚所辭掠不敢美之
愆庶幾知免云爾 所不敢辭掠美

022

雪偃蒼松 如畫裏一寸山河一寸
傷心地浪嚙巖根危欲墜海風吹
水都成淚 夜涉冰澌尋故壘冷
月荒荒照出當年事蒿塚老狐魂
亦死體髏奮擊酸風起 髑誤體

前調

023

大連曉望

客裏登樓驚信美雪色連天初日
還相媚玉水含暉清見底縞峯一
一生霞綺 水繞山横仍一側昔
日荒邱今日鮫人市無限樓臺朝
霧裏風光不管人憔悴 空誤天

024

采桑子 以下十二年

人生何苦催頭白知也無涯憂也
無涯且趁新晴看落霞 春光釀
出湖山美纔見開花又見飛花潦
草東風亦可嗟
綺羅香

025

冰如有美洲之行賦此送
之
月色輕黃花陰淡墨寂寂春深庭
户自下重簾不放游絲飛去博今
宵絮語西窗拚明日銷魂南浦最
憐他兒女鐙前依依也識別離苦

026

蒼茫煙水萬里好把他鄉風物
自溫情緒柁尾依飛空妒煞閑鷗
鷺當海上朝日生時是江東暮雲
低處正惛惛梅子初黃小樓聽夜
雨 低誤依
齊天樂

027

過鴉加爾加松故居
蔚藍不被纖雲染輕飆捲來秋爽
遠岫如山煙平沙似雪人與白鷗
同放漁歌晚唱看一棹歸來釣絲
微漾殊日猶明盈盈新月已東上
滄波澹然相向似依依繪出當

028

日情狀草徑全荒松圍盡長只有
青山無恙臨風悵惘儘馬策撾門
塵封蛛網落葉蕭蕭亂蟬空自響

晉羊曇為謝安所器重安居近
西州門安既歿曇不敢過西州
門一日大醉徑詣城下左右告
曰此西州門也曇感動馬策撾
門大哭而去余過鴉爾加松方
氏姊君瑛故居悲不自勝故用

029

此語

行香子

矗矗平川快雨初晴棹扁舟一葉
風輕焇消穹碧雲斂遙青看半江
霞烘素月作微頳　圓波如鏡踈
林倒照似蟾宮桂影縱橫冥然兀

030

坐風露冷冷儘月搖心波搖月兩
無聲　煙誤焇

探春慢

風惜殘紅雨培新綠又是一番天
氣淺草鳴蛙浮萍聚鴨各有十分
生意誰道春歸了看滿眼芳菲如

031

此空憐唬鴂多情聲聲為春憔悴
省識清和味好況野色晚來恰
稱新霽薄靄收霏流虹散彩玉宇
天然無滓一點谿山月曾照我杳
花陰裏只願清輝湛然不令心起

浣溪沙

032

遠接青冥近畫闌鷗飛渺渺不知
還陵高彌覺碧波寬 玉宇鮮澄
新雨後翠嵐融冶夕陽間果然人
世有清安

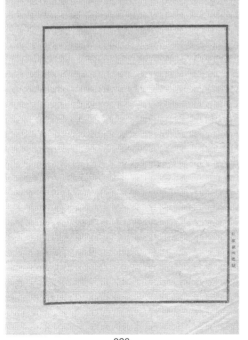

百字令
蒙特爾山中作

033

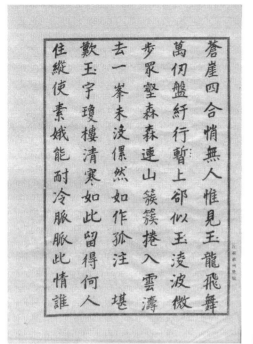

蒼崖四合悄無人惟見玉龍飛舞
萬仞盤紆行暫上卻似玉凌波微
步眾壑森森連山簇簇捲入雲濤
去一峯未浚傈然如作孤注堪
歎玉宇瓊樓清寒如此留得何人
住縱使素娥能耐冷脈脈此情誰

034

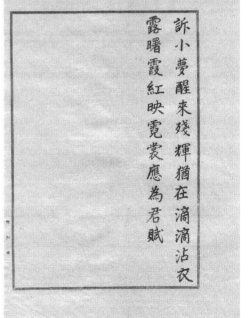

許小夢醒來残輝猶在滴滴沾衣
露曙霞紅映霓裳應為君賦

035

036

掃葉集詞

疎影　菊

行吟未罷乍悠然相見水邊林下
半塌東籬淡淡疎疎點出秋光如
畫平生絕俗違時意卻對我一枝

037

瀟灑想淵明偶賦閒情定為此花
縈惹　正是千林脫葉看斜陽闌
寂山色全賴莫怨荒寒木末芙蓉
冷艷疎香相亞不同桃李開花日
準備了霜風吹打把素心寫入琴
絲聲滿月明清夜

038

百字令

水仙花

靈均去矣向瀟湘留得千秋顏色
猶有平生遲暮感況是霏霏雨雪
玉玉溫溫金心的的人與花同德
飛塵不到泠蹤只在泉石　小鉢

039

供養齋頭深鐙曲几清影搖籤帙
伴取梅花三兩點也似曉星殘月
靜始聞香淡終生艷夢化莊生蝶
獨醒何意銀臺試為浮白　色　误　玉

拾遺記楚人思慕屈平謂之水
仙羣芳譜水仙花白圓如酒杯
中心黃蕊名金盞銀臺古來詠
水仙花者山谷之詩稼軒之詞

040

膾炙人口然自是淩波解珮搖
筆即來朱竹垞詞始擬禁體風
調獨勝晴窗坐對聊復效顰以
資笑噱云爾

金縷曲

嗁鴂催山醒轉幽深沈沈雉堞柳
蔥搖暝攪得清輝凝眸處身在萬
桃花頂正麗色澄空相映漠漠輕

041

煙開漸淡擁千鬟一水明如鏡還
照取驚飛影　桃源不在塵無境
在人間林鵠音好巷尾聲靜君看
柴門春風入菜甲麥禾齊迸且放
下老農鐮柄難得飯餘當戶坐願
春光爛漫從渠領歌一曲 水泉聽茗談牙

042

浣溪沙

過吳淞口

小艇依然繫水門門前落葉正紛
紛饑鴉病雀不能言　衰柳鎖憐
今日影寒潮苦覓舊時痕靜中搖
動寂中喧

043

風蝶令

白海棠

柔蒂和煙韡幽花帶雪融欲開還
飲閟芳容得似蝤蠐微俛意惺忪
　格澹光彌艷神清態轉穠珠簾
不約晚來風吹起一庭香月照玲

044

瓏

百字令

流徽榭即事

春風桃李比梅花時節多些芳綠
浩浩川原舒窈窕是處山邱華屋
草露含滋林煙散暈萬象如膏沐

045

玉蘭干外柳絲初裊晴旭　日暮
窮巷牛羊畫堂燕雀各自尋歸宿
留得蒼然山色在領取人間幽獨
潭水悠悠落霞姍姍樹影重重覆
低頭吟望疎鐘已動靈谷

百字令

046

春暮郊行

茫茫原野正春深夏淺芳菲滿目
蓄得新亭千斛淚不向風前悵觸
渲碧波恬浮青峯軟煙雨皆清淑
漁樵如畫天真只在茅屋　堪歎
古往今來無窮人事幻此滄桑局

047

得似大江流日夜波浪重重相逐
劫後殘灰戰餘蕪骨一例青青覆
鵑啼血盡花開還照空谷

憶舊遊

落葉

歎護林心事付與東流一往淒清

048

無限留連意奈驚飆不管催化青
萍已分去潮俱渺回汐又重經有
出水根寒拏空枝老同訴飄零
天心正搖落算菊芳蘭秀不是春
榮慽慽蕭蕭裏要滄桑換了秋始
無聲伴得落紅歸去流水有餘馨

049

儘歲暮天寒冰霜追逐千萬程

金縷曲（用梅影書屋詞句）

綠遍池塘草更連宵淒
其風雨萬紅都渺寡孤兒婦無窮
淚算有青山知道早染出龍眠畫
藁一片春波流不住過長橋又把

050

平林繞看新塚添多少 故人落
落心相照歎而今生離死別總尋
常了馬革裏尸仍未返空向墓門
憑弔只破碎山河難料我亦瘡痍
今滿體忍須臾一見欃掃槍逢地
下雨含笑

寡婦誤寡孤　流日影
誤流不住　欃槍掃

051

虞美人

空梁曾是營巢處零落年時侶天
南地北幾經過到眼殘山賸水已
無多 夜深案牘明鐙火閣筆淒
然我故人熱血不空流挽作天河
一為神州 為下脫洗字

052

滿江紅
驀地西風吹起我亂愁千疊空凝
望故人已矣青燐碧血魂夢不堪
關塞濶瘡痍漸覺乾坤窄便劫灰
冷盡萬千年情猶熱　煙歛處鐘
山赤雨過後秦淮碧似哀江南賦

053

淚痕重溼邦殄更無身可贖時危
未許心能白但一成一旅起從頭
無遺力
滿江紅
庚辰中秋
一點冰蟾便做出十分秋色光滿

054

處家家愁冪一時都揭世上難逢
乾淨土天心終見重輪月歎桑田
滄海亦何常圓還缺　雁陣杳蛩
聲咽天寥濶人蕭瑟賸無邊衰草
苦縈戰骨挹取九霄風露冷滌來
萬里關河潔看分光流影入踈簾

055

烏頭白
虞美人
庚辰重陽前三日方君璧
妹在南京書肆中得滿城
風雨近重陽圖蓋前歲旅
居漢臯時懸之齋壁者為

056

題二詞於其右
迴遭風雨城如斗悽愴江潭柳昔
時曾此見依依爭遣如今憔悴不
成絲　等閒歷了滄桑劫楓葉明
於血卻憐畫筆太纏綿妝點山容
水色似當年

057

青來彫盡青山色我亦添頭白獨
行踽踽已堪悲況是天荊地棘欲
何歸　閉門不作高計也攬茱萸
涕誰云壯士不生還看取筑聲椎
影滿人間 作下脫登字
浣溪沙

058

廣州家園中作
英石岧岧俛畫闌觀音竹映小盆
山餘生還得幾時看　橄欖青於
饑者面木棉紅似戰時瘢尚存一
息未應閒 故園誤幾時
邁陂塘

059

二十九年十一月一日晚
飯時家人忽以杯酒相屬
問之始知家五年前余為
賊所斫不死而設也因賦
此詞 為誤家
歎等春閒秋換了鐙前雙鬢非故

060

艱難留得餘生在纔識餘生更苦
休重溯算刻骨傷痕未是傷心處
酒闌爾汝問搔首長吁支頤默坐
家國竟何補 鴻飛意豈有金丸
能懼翛翛猶賸毛羽誓窮心力迴
天地未覺道途修阻君試數有多

061

少故人血作江流去中庭蹣蹣聽
殘葉枝頭霜風獨戰猶似喚邪許

木蘭花慢

某君有輟絃之感賦詞見
示依調慰之

人生何所似似渴驥湧奔泉歎一

062

曲清泓無窮況味甘苦鹹酸幾番
醉醒未了早滔滔哀樂廹中年俠
骨英雄結納情腸兒女纏綿 蕭
然落日照烽煙夜枕緣沈眠又孤
夢初回淋鈴悽韻和入驚弦鐙前
尚留倩影對丹心華髮耿相憐離

063

合從來一瞬至情無間人天

金縷曲

三十年六月二十三日余
晤宮崎夫人於日本東京
承以民報時代照片見貽
蓋丙午之秋革命軍在萍

064

鄉醴陵失敗後余將偕黃
克强赴廣州謀再舉行前
一日在民報社庭園內所
攝克强倚樹而坐宮崎夫
人之姊氏立於其左余立
於其後在余之右者為林

065

時塽再右為魯易為章太
炎為何天烱凡七人今存
者余一人而已把覽之餘
萬感交集為題金縷曲一
闋護林殘葉忍辭枝時塽
詩句斷指謂克强也

066

小聚秋聲裏近黃昏籬花搖暝庭
柯彫翠殘葉辭枝良未忍耿耿護
林心事正嗚咽風蕭易水三十六
年真電掣賸畫圖相對渾如寐誰
與攬澄清轡　故人各了平生志
早一坏黃花嶽麓心魂相倚為問

067

當時存者幾落落一人而已又華
髮星星如此賸水殘山嗟滿目便
相逢勿下新亭淚為投筆歌斷指擊

水調歌頭

辛巳中秋寄冰如

一片舊時月流影入中庭問天於

068

世何意歲歲眼常青天上瓊樓皎
潔人世金甌残缺兩兩苦相形拂
衣舍之去欹枕聽長更　飲孤光
似冰雪夜泠泠銀河清淺怎載得
如許飄萍鴻雁北來還去烏鵲南
飛又止無處不零丁何辭千里遠

069

共此一窗明

070

雙照樓詞未刊藁

百字令

連日熱甚夜不成寐既望
月出布簟階上臥觀久之
遂得酣睡至於天明賦此
爲謝

071

悶沈沈地忽飛來明月萬花齊醒
香氣因風成百和瑟瑟動搖清影
歷亂茅茨尋常草樹也入空靈境
四圍寂寂浩歌宜在松頂　堪笑
玉潔姮娥獨清未辦與衆生同病
賴有一丸靈藥在化作冷波千頃

072

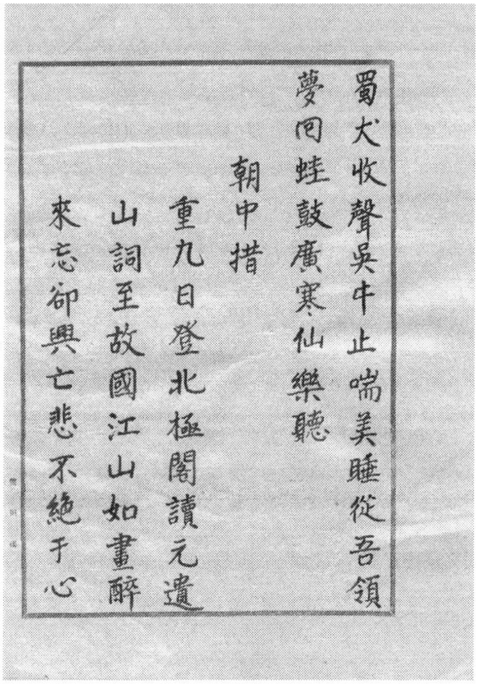

蜀犬收聲吳牛止喘美睡從吾領
夢回蛙鼓廣寒仙樂聽

朝中措

重九日登北極閣讀元遺
山詞至故國江山如畫醉
來忘卻興亡悲不絕于心

073

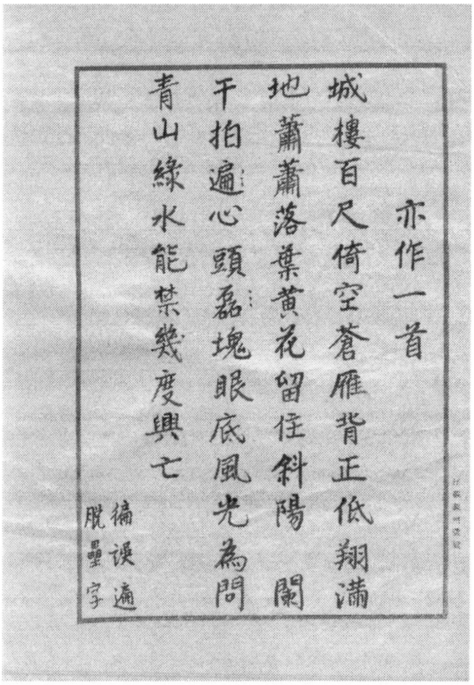

亦作一首

城樓百尺倚空蒼雁背正低翔滿
地蕭蕭落葉黃花留住斜陽闌
干拍遍心頭磊塊眼底風光為問
青山綠水能禁幾度興亡

徧誤遍
脫疊字

074

小休集

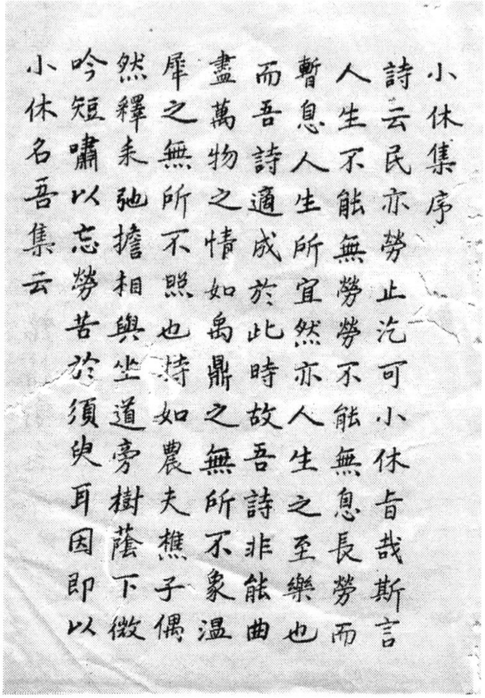

小休集序

詩云民亦勞止汔可小休旨哉斯言人生不能無勞勞不能無息長勞而暫息人生所宜然亦人生之至樂也而吾詩適成於此時故吾詩非能曲盡萬物之情如禹鼎之無所不象溫犀之無所不照也特如農夫樵子偶然釋耒弛擔相與坐道旁樹蔭下微吟短嘯以忘勞苦於須臾耳因即以小休名吾集云

001

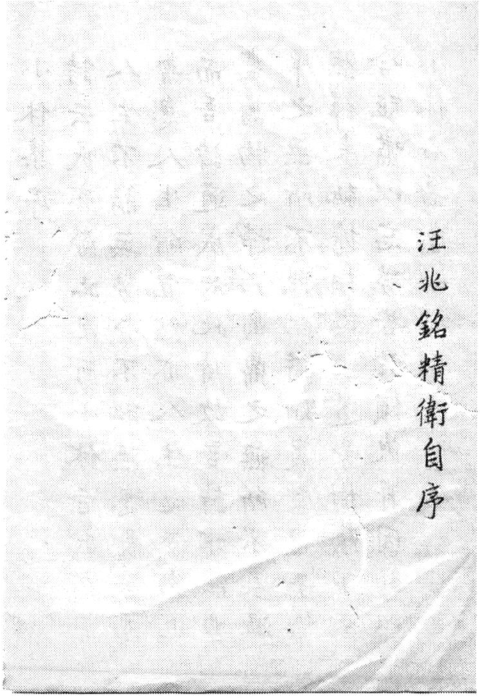

汪兆銘精衛自序

002

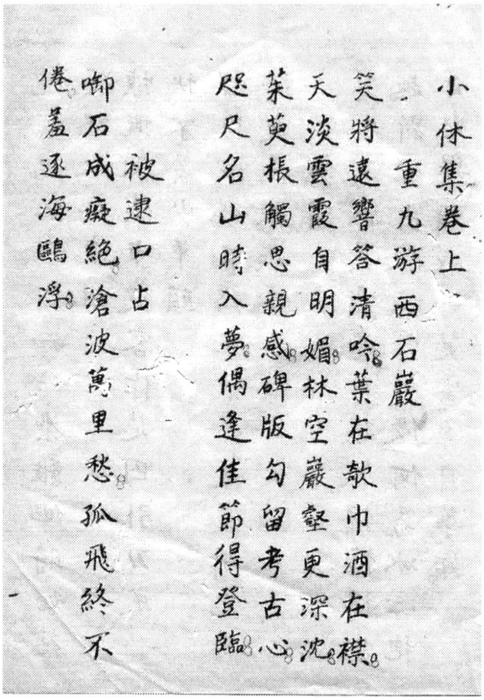

小休集卷上

重九游西石巖

笑將遠響答清吟葉在欹巾酒在襟天淡雲霞自明媚林空巖壑更深沈茱萸棖觸思親感碑版勾留考古心咫尺名山時入夢偶逢佳節得登臨

被逮口占

啣石成癡絕滄波萬里愁孤飛終不倦羞逐海鷗浮

003

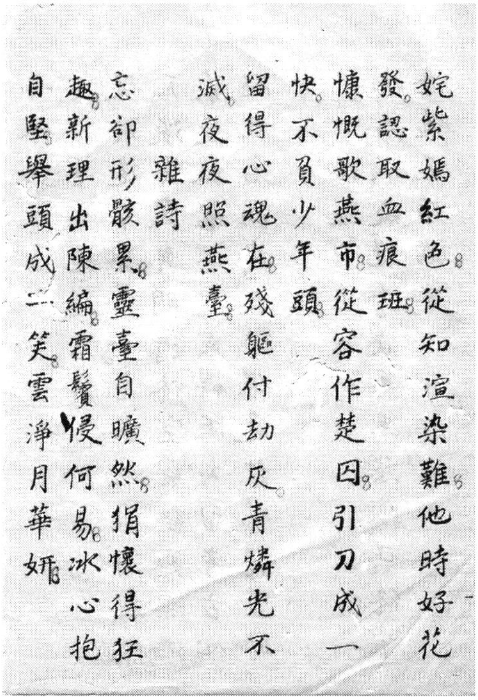

姹紫嫣紅色從知渲染難他時好花發認取血痕斑

慷慨歌燕市從容作楚囚引刀成一快不負少年頭

留得心魂在殘軀付劫灰青燐光不滅夜夜照燕臺

雜詩

忘卻形骸累靈臺自曠然狷懷得狂趣新理出陳編霜鬢侵何易冰心抱自堅舉頭成一笑雲淨月華妍

004

獄中雜感

西風庭院夜深沈，徹耳秋聲感不禁。
伏櫪驊騮千里志，經霜喬木百年心。
南冠未改支離態，畫角中含激楚音。
多謝青燐慰岑寂，殘宵猶自伴孤吟。

煤山雲樹總淒然，荊棘銅駝幾變遷。
行去已無乾淨土，憂來徒喚奈何天。
瞻烏不盡林宗恨，賦鵩知傷賈傅年。
一死心期殊未了，此頭須向國門懸。

有感

憂來如病亦緜緜，一讀黃書一泫然。
瓜蔓已都無可摘，豆萁何苦更相煎。
笳中霜月淒無色，畫裏江城黯自憐。
莫向燕台回首望，荊榛零落帶寒煙。

005

詠楊椒山先生手所植榆樹

樹猶如此況生平，動我蒼茫思古情。
千里不堪聞路哭，一鳴豈為令人驚。
疏陰落落無蟠節，枯葉蕭蕭有恨聲。
寥寂階前坐相對，南枝留得夕陽明。

附記 椒山先生以劾嚴嵩下獄就義之歲手所植榆樹適活數百年來無敢毀之者相傳有神怪殆有心人藉此以存甘棠之愛也余所居獄室門前正對此樹朝夕相接民國六年重遊北京獄舍已劃為平地惟此樹巋然獨存

006

中夜不寐偶成

飄然御風遊名山，吐噏嵐翠陵孱顏。
又隨明月墮東海，吹噓綠水生波瀾。
海山蒼蒼自千古，我於其間歌且舞。
醒來倚枕尚茫然，不識此身在何處。
三更秋蟲聲在壁，泣露欷風自啾唧。
羣鼾相和如吹竽，斷魂欲唬淒復咽。

007

舊遊如夢亦迢迢，半炧寒燈影自搖。
西風嬴馬燕台暗，細雨危檣瘴海遙。

秋夜

落葉空庭夜籟微，故人夢裏兩依依。
風蕭易水今猶昨，魂度楓林是也非。
入地相逢雖不愧，擘山無路欲何歸。
記從共灑新亭淚，忍使啼痕又滿衣。

此詩由獄卒輾轉傳遞至冰如手中冰如持歸與展堂等讀之伯先每讀一過輒激昂不已然伯先今已死矣附記於此以誌腹痛

夢中作

008

謫來荒島上極目海天明心與孤帆
遠身如一棹輕浪花分日影石筍咽
湍聲漠漠平煙外翛然白鷺橫

大雪

凍雲沈沈作天幕直令萬象沈寥廓
朝來開戶忽大叫瓊樓玉宇來相照
疊空自漠漠四野何茫茫飄如扁舟
凌滄浪銀濤萬頃搖光芒又如花時
歸故鄉玉田藹藹素馨香六花霏霏
已奇絕絢以朝霞助明滅千里一白

四

009

無纖塵欲與冰壺爭皎潔王母瓊漿
真可咽謝公屐齒應知惜如何棄擲
道路隅遂令泥土同狼藉吁嗟爭莫
怨雪成泥雪花入立土膏肥孟夏草
木待爾而繁滋

見梅花折枝

家在嶺之南見梅不見雪時將皎玉
姿虛擬飛瓊色祇今雪窖中卻斷梅
消息忽逢一枝斜相對歎奇絕乃知
雨雪來端為梅花設煙塵一掃盡皎

010

皎出寒潔清輝妙相映秀色如可擬
香隨心共滄影與神俱寂藹藹含春
和稜稜見秋烈俠士蘊沖抱美人負
奇節孤根竟何處念此殘枝折忽憶
珠江頭花時踏寒月

寒夜背誦古詩至波瀾誓不起
妾心古井水美其詞意為進一
解

止水既無滓流水亦無頗渟為百尺
潭蕩為千層波娟娟月自永習習風

五

011

五

微和泠然識此意欲和滄浪歌
見人析車輪為薪為作此歌
年年顛蹶闕山路不向崎嶇歎勞苦
只今困頓塵埃間偃強依然耐刀斧
輪兮輪兮生非徂徠新甫之良林莫
辭一旦為寒灰君看擲向紅爐中火
光如血搖熊熊待得蒸騰薦新稻要
使蒼生同一飽

除夕

今夕復何夕圍爐萬籟沈孤懷戀殘

012

臘幽思發微唫積雪均夷險危松定
古今春陽明日至不改歲寒心

悠悠一年事歷歷上心頭成敗亦何
恨人天無限憂河山餘磊塊風雨滌
牢愁自有千秋意韶華付水流

獄簷偶見新綠口占

初日枝頭露尚涵春光如酒亦醲醲
青山綠水知何似愁絕風前鄭所南

晚眺

斜陽如胭脂林木盡渲染秀色自天

013

然桃李失其艷白雲亦融洽娟娟作
霞片晴空淨如拭著此三兩點春光
如故人醇醪醉深淺感此太和心臨
風相繾綣

春晚

向晚微風和斜月明天邊流雲受餘
艷漾作晴霞妍長空舒霽碧光景涵
清鮮感此春氣好閒階自流連眾鳥
相往還飛鳴時翩翩如何我與君離
思徒纏綿相去不咫尺邈如隔雲煙

014

娟娟明月影故故向人圓何當若流
星一閃至君前

獄中聞溫生才刺孚琦事

血鐘英響滿天涯不數當年博浪沙
石虎果然能沒羽城狐知否悔磨牙
鬚銜劍底情何暇犀照磯頭語豈誇
長記越臺春欲暮女牆紅遍木棉花

辛亥三月二十九日廣州之役
余在北京獄中偶聞獄卒道一
二未能詳也詩以寄感

015

欲將詩思亂閒愁卻惹茫茫感不收
九死形骸慚放浪十年師友負綢繆
殘燈難續寒更夢歸雁空隨欲斷眸
最是月明鄰笛起伶俜吟影淡于秋
珠江難覓一雙魚永夜愁人慘不舒
南浦離懷雖易遣楓林噩夢漫全虛
鵑魂若化知何處馬革能酬愧不如
淒絕昨宵燈影裏故人顏色漸模糊

辛亥三月二十九日廣州之役
余在北京獄中聞展堂死事為

016

詩哭之絶成三首復聞展堂来
死遂輟作
馬革平生志。君今幸已酬。卻憐二人
血。不作一時流。忽忽餘生恨。茫茫後
死憂。難禁十年事。潮上寸心頭。
落落初相見。無言意已移。弦韋常互
佩。膠漆不曾離。杜鑊朝擕處。韓蘩夜
對時。歲寒樂相共。情意勝連枝。
日日中原事。傷心不忍聞。賦懷徒落
落。過眼總紛紛。蝙蝠悲名士。蜉蝣歎

017

合羣。故園記同眺。愁絶萬重雲。
感懷
士為天下生。亦為天下死。方其未死
時。怦怦終不已。宵來魂躍躍。一驚三
萬里。山川如我憶。相見各含睇。顧言
發清音。一為洗塵耳。醒來思如何。斜
月淡如水。
述懷
形骸有死生。性情有哀樂。此生何所
為。此情何所託。嗟余幼孤露。學殖苦

018

磽确。蓼莪懷卒酸。茱根甘澹泊。心欲
依墳塋。身欲棲巖壑。憂患來薄人。其
勢疾如撲。一朝出門去。萬里驚寥落。
感時積磊塊。頓欲忘疏略。鋒鋩未淬
厲。持以試盤錯。蒼茫越關山。暮色照
行橐。瘴雨黯蠻荒。寒雲蔽窮朔。山川
氣悽愴。華采亦銷鑠。愀然不敢顧。俯
仰有餘怍。遂令新亭淚。一洒已千斛。
回頭望故鄉。中情自惕若。尚憶牽衣
時。謬把歸期約。蕭條庭前樹。上有慈

019

烏啄。孤姪襁褓中。視我眸灼灼。兒乎
其已喻。使我心如斫。沈沈此一別。賸
有夢魂靈。哀哉眾生病。欲救無良葯。
歌哭亦徒爾。搔爬苦不着。針砭不見
血。痿痺何由作。驅車易水傍。嗚咽聲
如昨。漸離不可見。燕市成荒寞。悲風
天際來。驚塵暗城郭。萬象刺心目。痛
苦甚炮烙。恨如九鼎壓。命似一毛擢。
大椎飛博浪。比戶十日索。初心雖不
遂。死所亦已發。此時神明靜。蕭然臨

020

湯鑊九死誠不辭所失但軀殼悠悠
檻穽中師友嗟已邈我書如我師對
越凜矩矱昨夜我師言孺子頗不惡
但有一事劣昧昧死由覺如何習靜
久輒爾心躍躍有如寒潭深潛虬自
騰驟又如秋飆動鷙鳥隼以愕百感
紛相乘至道終隔膜悚息聞師言愧
汗駭如濯平生慕慷慨養氣殊未學
哀樂過劇烈精氣潛摧剝餘生何足
論魂魄亦已弱痌瘝耿在抱涵泳歸 十

021

沖漠琅琅讀西銘清響動寥廓

獄卒持山水便面索題

西風無地著蘭根未讀黃書已斷魂
細雨瀟瀟夢何處江東雲樹擁孤村

登鼓山 以下民國元年

登山如登雲盤紆千仞上寥寥萬松
陰惟聽疎蟬響

太平山聽瀑布 山在南洋馬來半島

山經無人燕自鳴柳陰瑟瑟弄新晴
隔林遙聽潺湲起猶作宵來風雨聲

022

泠然清籟在幽深如見畸人萬古心
流水高山同一曲天風惠我伯牙琴
雙峽如花帶雨開臨流顧影自徘徊
幾疑天上銀河水來作人間玉鏡臺
一片淪漪不可收和煙和雨總無愁
何當化作巖中石一任清泉自在流

印度洋舟中

低首空濛裏心隨流水喧此生原不
樂未死敢云煩淒斷關河影蕭條羈
旅魂孤蓬秋雨戰詩思倩誰溫 十一

023

鐙影殘宵靜濤聲挾雨來風塵隨處 十一
是懷抱幾時開肱已撕三折腸徒劇
九迴勞薪如可爇未敢惜寒灰

舟泊錫蘭島至古寺觀臥佛憩
寺前大樹下導者云此樹已二
千年佛曾坐其下說法

寺前有奇樹婆娑二千年枝條方秀
發香因風傳我來坐其下久久已
忘言梵唄來空壇其聲柔以緜感此
傷我心哀吟滿山川回頭問臥佛爾

024

乃能安眠。問佛佛不應。自問亦茫然
荒山曠無人。玄雲渺無邊。嗒然俯潭
影。輕陰蕩清圓。

曉煙 以下民國三年

槲葉深黃楓葉紅。老松奇翠欲拏空。
朝來別有空濛意。只在蒼煙萬頃中。
初陽如月逗輕寒。咫尺林原成遠看。
記得江南煙雨裏。小姑鬟影落春瀾。

晚眺

緜緜遠樹低。渺渺長河直。新月受餘
十二

025

霞。流光如琥珀。

又一

蕭瑟郊原蘆荻風。予懷渺渺淡煙中。
斜陽入地無消息。惟見餘霞一抹紅。

歐戰既起。避兵法國東北之閭
鄉。時已秋深。益以亂離。景物蕭
瑟。出門偶得長句

修竹三竿小閣前。平臺一角屋西偏。
園荒知為耰耡棄。地僻應無烽火傳。
宿霧初陽涼似月。迴風斜雨蕩如煙。
十二

026

秋來未便悲搖落。卻為黃花一悵然。
下帷長日未窺園。偶趁秋晴出郭門。
風景不殊空太息。江山如此更何言。
殘陽在地林鴉亂。廢壘無人野兔尊。
欲上危樓還卻步。怕將病眼望中原。

紅葉

不成絢爛只蕭疏。攜酒相看醉欲扶。
得似武陵三月暮。桃花紅到野人廬。
無定河邊日已昏。西風刀剪更銷魂。
丹楓不是尋常色。半是啼痕半血痕。
十三

027

再賦紅葉

滄秋顏色勝穠春。卻為飄零暗愴神。
風妒霜憐兩無謂。不辭汎菊慰靈均。

三賦紅葉

劃地西風萬木殘。滋蘭樹蕙悔無端。
楓林不是湘妃竹。誰染啼痕點點斑。

四賦紅葉

疏林亦有斜陽意。都為將殘分外妍。
留得娟娟好顏色。不辭岑寂晚風前。

坐雨
十三

028

029

荒原遠樹欲浮天黄葉聲中意渺然
為問閒愁何處去西風吹雨已如煙
譯佛老里昂寓言詩一首
東風和且平眾木繁其枝夜來有微
雨初日還遲遲在此春光中不樂將
何為東顧有牧場碧草生離離一羊
蹶而趨一犬還相隨宛然兄若妹情
好相依依阿妹今不歡流淚如綆縻
鳴咽語阿兄吾生其何之我聞造物
者用意無偏私跂行與喙息所適惟

十四

030

有受者也苟無受者將於何施是又願天下之自承為弱者一思之也
都朗有一山羊記述一小山羊遇一狼自分必死然與之悉鬥至力盡始已文甚奇妙兩用意可與此詩相發明暇日當更譯之

自都魯司赴馬賽歸國留別諸
弟妹
十年相約共燈光一夜西風雁斷行
片語臨歧君記取願將剛膽壓柔腸
六月與冰如同舟自上海至香
港冰如止陸自九龍遵廣九鐵

十五

031

道赴廣州歸寧余仍以原舟南
行舟中為詩寄之 以下四年
悵望孤煙裊驛樓零丁我亦汎扁舟
天涯不用遙相問一樣輪聲一樣愁
一去匆匆太可憐只餘巾影淡于煙
風帆終是無情物人自回頭舟自前
沈沈清夜欲生寒倚遍迴闌意未安
遙想檐花燈影裏正攜小妹話團圞
難得拋書一晌眠夢回燈蕊向人妍
此時情況誰知得依舊濤聲夜拍船

十六

032

鴉爾加松海濱作 以下五年
朝行松林中初陽含芬芳晚行松林
中新月生清涼林外何所有白沙浩
如霜沙外何所見海水青茫茫遙山
三兩重淡如紙屏張明帆四五片輕
若沙鷗翔海風以時來松籟因之揚
和我讀書聲空谷生琅琅藉此碧苔
茵如在白雲鄉清遊不可負哦詩慚
孟光
六年一月自法國度海至英國

復度比海歷挪威芬蘭至俄國
京城彼得格勒始由西伯利亞
鐵道歸國時歐戰方亟耳目所
接皆愁苦之聲色書一絕句寄
冰如 以下六年
野帳冰風冷鬢鬚鄜州明月又何如
天涯我亦仳離者莫話深愁且讀書
西伯利亞道中寄冰如
我如飛雪飄無定君似梅花冷不禁
迴首時晴深院裏滿裾踈影伴清吟 十七

033

遊昌平陵
昌平園寢鬱參差想見塵清漠北時
地老天荒終有恨山環水抱亦無奇
銅駝魏闕蕪仍没石馬昭陵汗已滋
索興虬松同醉倒不須惆悵讀碑辭
長陵殿前有一松偃地上俗稱之
曰臥龍松旁植一碑清乾隆閒製
具道愛護勝
朝陵寢之意
廣州感事
獵獵旌旗控上遊越王台榭只荒邱
一枝漫向鷓鴣借三窟誰為狡兔謀

034

節度義兒良有幸相公曲子定無愁
過江名士多於鯽祇恐新亭淚不收
十二月二十八日雙照楼即事
雙照楼頭月色新清輝如慶比肩人
梅花雪點温詩句踈影横斜又滿身
舟出吳淞口作以下七年
燈影柁楼起夕陰早秋涼氣感人心
愁生庾信江南賦意遠成連海上琴
明月不來天寂寂繁霜初下夜沈沈
塊然亦自成清夢三兩踈星落我襟 十八

035

冰如薄游北京書此寄之
坐擁書城慰寂寥吹窗忽聽雨瀟瀟
遙知空闊煙波裏孤棹方隨上下潮
彩筆飛來一朶雲最深情語最温文
燈前兒女依依甚笑頰微渦恰似君
北道風塵久未經愁心時逐短長亭
歸來攜得西山秀螺髻蛾眉別樣青
展堂養痾江之島余往省之留
十日歸舟中寄以此詩
平原秋氣正漫漫步上河梁欲別難 十八

036

彈指光陰彌可戀，積胸磊塊未能歡。
巢成苦被飛鴞妒，露重遙知落雁寒。
久立檣聲帆影裏，不辭吹浪溼衣單。

太平洋舟中玩月達爾文嘗云月自地體脫御而出其所留之窪痕即今之太平洋也戲以此意構為長句

地球一角忽飛去，留得茫茫海水平。
卻化月華臨夜靜，頓令波影為秋清。
單衣涼露盈盈在，短鬢微風颯颯生。

十九

037

斗轉參橫仍不寐，要看霞采半天明。

重九日謁五姊墓

倉猝別吾姊，從茲生死殊。風塵久憔悴，魂夢屢驚呼。荷鍤憂仍大，聞砧淚易枯。斜陽趣歸去，回首斷墳孤。

自上海放舟橫太平洋經美洲赴法國舟中感賦 以下八年

一襟海氣暈成冰，天宇沈沈叩不譍。
缺月因風如欲墜，疎星在水忽生稜。
闌歌自愧隅常向，讀史微嫌淚易凝。

十九

038

故國未須回首望，小舟深入浪千層。

舟中曉望

朝霞微紫遠天藍，初日融波色最酣。
正是暮春三月裏，鶯飛草長憶江南。

舟次檀香山書寄冰如

烏蓬十日風兼雨，初見春波日影融。
家在微茫蒼靄外，舟行窈窕綠灣中。
鸞飄鳳泊年年事，水秀山明處處同。
雙照樓中人底似，莫教惆悵首飛蓬。

春日偶成

二十

039

孤節隨所之，窈窕至林谷。泉聲流不斷，悽愴動心曲。山徑隱薜蘿，攀陟氣纔屬。微生寄片石，千里集吾目。初陽被綠草，天氣清且淑。繁花何茫茫，紅紫自成簇。飛鳥既睍睆，遊人亦雝穆。大塊富文藻，當春更蓄沃。勢如決巨浸，萬物盡淹覆。奇愁定何物，百計不可逐。惘惘情未甘，靡靡行已足。欲語苦口噤，微風振林木。

比那蓮山雜詩

二十

040

比那蓮山在法國南部與西班牙接壤冰如嘗以暑假一攬其勝歸國後時時為余言之八年夏重至法國同與方曾兩家姊妹弟甥往遊足跡所及皆冰如舊經行地也得詩數首以寄冰如

山中即事

沈沈萬山中泉聲鳴不已心逐野雲飛忽又墜山中溪水山坳聚林木眾綠光蕤蕤纖草纖平茵小花間藍紫怡然相坐語間亦恣游戲小妹捉蚱蜢荊棘創其指一笑釋自由驚飛側雙翅遠山

二十

041

遠山如美人盈盈此一顧被曳蔚藍衫嬾裝美無度白雲為之帶有若束縑素低鬟俯明鏡一水澹無語有時細雨過輕渦生幾許有時映新月娟娟作眉嫵我聞山林神其名曰蘭撫誰能傳妙筆以匹洛神賦

西班牙橋上觀瀑

翠巖碧嶂相周遮遠看瀑勢如長蛇下馳嶔奇犖确之峻坂又若以風為馬雲為車蒼崖崩摧大壑裂峭壁削

二十一

042

成愁嶄絕惟餘怪石鬱嵯峨錯落水中猶杌隉石齒咽波波不定沸白渟藍紛復整浪花蹴起入長空散作四山煙雨影輕煙細雨微濛中爆然受日橫長虹行人拍手眼生纈餘光反映松林紅據石臨流自欹側斷橋小樹如相識瀼瀼零露洗肺肝漸漸微寒生鬢髮由來泉水在山清莽莽人間盡不平風雷萬古無停歇和我中宵悲嘯聲

043

曉行山中書所見寄冰如

初陽在翠壁爛漫不可名熠熠朝露晞依依白雲晴積雪冒遙岑鬖鬖生光明煙光澹欲盡山夢如初醒綠葉紛葳蕤爆然發其瑩幽花與長松一一生奇馨行行至水源屏峯入眉青石筍咽流泉涼風自泠泠頹巖有嘉樹虧蔽若危亭塊然倚之坐睍睆聞流鶯遐思素心人莓苔屐曾經作詩道相念歌罷心怦怦

二十二

044

題蘗莊圖卷

儒家重飾終，墨子論薄葬。事人與明鬼，於義各有當。

儒者言事人故以死為人生最痛之事其喪禮隨以重墨者言明鬼則體魄非所深戀故主薄葬皆其學說根據使然也

杯棬與手澤，惓惓不能忘。所以鼎湖人，涕淚收弓裳。

口手之澤猶不忍棄況父母之遺體乎此孟子所以謂孝子仁人之葬其親必有其道也

漢文恭儉主，石槨生泚瀾。達哉張釋

二十三

045

之，妙喻錮南山。景純詠游仙，意欲翔寥廓。如何著葬書，所志在糟粕。

葬親為仁人孝子所不能免然死不欲朽其用心已可笑而堪輿家言則直臨於罪戾矣景純猶不免蓋此風至魏晉而始盛也

蘗莊山水好，此意真緜緜。佇看松與竹，一一長風煙。

蘗莊主人闢數弓之地以為墳園舉扶葬於斯既不多奪生人耕植之地又擺脫一切堪與家言且其地山川映帶竹松蔚然風景宜人以圖卷索題余喜其有故良社會風俗之志故為題詩數首如右

二十三

046

鄧尉山探梅口占 以下九年

林外春山斷復延，泮冰池水乍涓涓。田家籬落欹疏處，一樹紅梅分外妍。

湖光如雪靜無聲，掩映梅花更有情。山路紆回行不盡，冷吟纔了暗香生。

林子超葬陳子範於西湖之孤山詩以紀之

民國二年春，江色朝入檻。我從張靜江，初識陳子範。容貌既溫粹，風神亦夷澹。於中鬱奇氣，如山不可撼。落落

二十四

047

語不煩，沈沈心已感。至今寤寐間，光采猶未滅。嗚呼夜漫漫，眾生同黯黮。東身作大炬，燭破羣鬼膽。勞薪忽已爇，驚淚不能斬。故人有林君，收骨入深坎。秋墳鬱相望，楊花白如糝。下車苦腹痛，絮酒致煩憯。

遊莫干山

初看山腳斜陽黃，漸聞涼風颯颯鳴。高岡炊煙漸上雲，漸合頓使山無遠近，皆蒼茫。夜上峯頭天已黑，缺月踈

二十四

048

星氣蕭瑟寥天急跳瀨虬珠斑駁林
巒半蒼赤披衣起立明霞中朝氣撲
面生冲融羣山起伏何止千萬疊修
竹掩映何止千萬叢沈沈黝色黯雲
聲瑟瑟清影明嵐峯泉流澗中鳴不
斷其聲欲與風葉同琤瑽平生愛竹
已成癖三竿兩竿青亦得只今身已
入山深雖白雲鄉不此易流長不洗
孫楚耳峯青不蠟阮孚屐一角茅檐
對遠山此心清似長天色

二十五

049

廬山雜詩

廬山之美未易以言語形容也蘇子瞻入廬山不欲作詩良非無故然子瞻終不能不作殆所謂情不自禁者歟余九年夏入廬山感懷世事鬱伊寡歡然山色水聲挂於耳目亦得暫閒懷抱所為詩悲愉雜陳構心而出蓋非以寫廬山特以寫廬山中之一我而已廬山有知當不恚其唐突耳

曉起

空山朝氣來撲人清似初秋藹似春
殘月曙星相映處瓊樓終古不生塵

佛手巖飲泉水

二十五

050

巖葉因風響碧廊秋花絡石意深長
自慚肝肺无由熱尚為冰泉進一觴

水石月下

疊巘沈沈冷翠生樛枝危石勢相縈
此心靜似山頭月來聽清泉落澗聲

登天池山尋王陽明先生刻石詩於叢薄中得之

柱杖撞天志不回斷碑一角臥荒臺
依然風雨霾山下手剔莓苔祇自哀

自神龍宮還天池峯頂宿

二十六

051

抵死潛蚪不起淵松根抉石出飛泉
星繁風緊蕭蕭夜獨傍天池望鐵船
鐵船峯石與天池相對

含鄱嶺上小憩松下既醒白雲在衣袂間拂之不去

蟬咽松風日影涼山屏水枕夢初長
白雲紉作秋蘭佩從此襟頭有異香

行蓮花谷最高處

峯勢阽危人影孤天風颾髮粟生膚
偶從雲罅窺人世赭是長江碧是湖

二十六

052

廬山風景佳絶而林木鮮少為詩寄慨

巖谷春來錦繡舒煙蕪蕭瑟正愁予
樓台已重名山價料得家藏種樹書

廬山瀑布以十數飛流渟淵各有其勝余輩攀躋所至輒解衣游泳其足樂也

浪花無蔕自天垂石氣清寒蘚不滋
夜半素娥初墮影冰肌玉骨最相宜

五老峯常為雲氣蒙蔽往游之

二七

053

日風日開朗豁然在目

席捲煙雲萬壑醒長松偃蓋畫亭亭
狂生賸有窮途淚五老何緣眼尚青

開先寺後有讀書台杜甫詩云匡山讀書處頭白好歸來蘇軾詩亦云匡山頭白好歸來余登斯台有感其言因為此詩余所謂歸來與杜蘇所云不同也

殘陽明滅讀書台萬樹鵑聲次第催
占得匡山一片石未妨白頭不歸來

054

屋脊嶺為廬山最高處余行其上但見羣峯雜遝來復足下倚松寂坐俛視峯色明滅無定蓋雲過其上所致也

楚尾吴頭入望微近天草樹靜秋暉
羣峯明滅渾無定為有孤雲頭上飛

王思任遊記稱嘗於五老峯頭望海緜萬里余雖不敢必亦庶幾遇之八月二日晨起倚欄山下川原平時歷歷在目至是則

二八

055

滿屯白雲浩然如海深不見底若浮若沉日光俄上輝映萬狀其受日深者色通明如琥珀淺者暈若芙蕖少焉英英飛上繽紛山谷間使人神意為古人真不我欺也

風似生毛日似鱗俛看人世失緇磷
海緜忽作天花散釀出千巖萬壑春

晚晴雲霞清艷殊絶

峯銜餘日變秋顏澹彩流天麗且閒

056

自是空山風景澈。雲霞原不異人間。

十一月八日自廣州赴上海舟中作

鷗影微茫海氣春。雨收餘靄碧天勻。波凝綠蟻風無翼。浪蹙金蛇月有鱗。始信瓊樓原不遠。卻妨羅襪易生塵。鐘聲已與人俱寂。袖手危闌露滿身。

生平不解作詠物詩。冬窗晴暖。紅梅作花。春然不能已於言。

鶴瞑鬆欄日上遲。南枝紅影靜中移。

二十九

057

由來瀟灑出塵者。定有芳華絕世姿。風骨轉教添嫵媚。冬心聊復寄沖夷。與君冰雪周旋久。欲近脂香似未宜。

朝霞和雪作肌膚。更把宮砂漬臂腴。火齊光芒嬌欲吐。水沈香氣暗相濡。終留玉潔冰清在。自與嫣紅姹紫殊。底事凝脂生薄暈。似聞佳壻是林逋。

058

小休集卷下

十年三月二十九日黃花岡七十二烈士墓下作 以下十年

飛鳥茫茫歲月徂。沸空鐃吹雜悲吁。九原面目真如見。百劫山河總不殊。樹木十年萌櫱少。斷蓬萬里往來疎。讀碑墮淚人間事。新鬼為鄰影未孤。

晨起捲簾庭蘭已開

香入疎簾意尚猜。驚看玉立久徘徊。初陽欲褪幽花豔。更遣微風澹蕩來。

059

初夏即事寄冰如

拂拭書城不染塵。瓶花旖旎有餘春。閒編真似逢知己。得句還愁後古人。梅雨池塘魚自樂。楝花簾幕燕初馴。近來何事關心最。一紙書來萬里親。

入吳淞口

塞外空吟物候新。霏霏寒雨不成春。扁舟掣入吳淞口。芳草江南綠已勻。

還家

東旬作客又還家。稚子迎門笑語譁。

060

步上小楼餘惆惆春風鬢影在天涯
江楼秋思圖　為柳亞子題
日暮倚江楼問君何所思蕭蕭天地
間秋風來以時君如王仲宣瑰麗多
文詞江山本吾土俛仰聊自怡知不
因登楼而興游子悲君如張季鷹不
為好爵縻家在蒪鱸鄉可以樂棲遲
知不因秋風慨然始懷歸向晚天氣
佳叢菊盈東籬有石宜彈琴有酒宜
賦詩舍此忽有念兀兀將何為由來　二

061

賢哲人萬感積心期莛鐘偶然值一
縱不可羈有如雲生石因風自逶迤
又如絲出繭映日成離披其來既無
端其去亦無俛君既不能名我亦不
自知蘆渚煙漫漫水遠天低垂望門
投止者躑躅將何依安得為蘆花毋
使悲鴻鴈楓林霜斑斑有若別淚滋
世間諸兒女一例傷乖離安得為紅
葉宛轉與通辭秋光渺無際秋思亦
如之茫茫良自失喋喋恐非宜不如

062

酌美酒與君盡一卮
為余十眉題鴛鴦湖雙棹圖
鴛鴦湖上泛鴛鴦煙雨楼頭未夕陽
情似春潮無畔岸思如幽草有芬芳
驚鴻照影空回首別鶴流聲易斷腸
羅韈凌波原一瞬祇宜畫裏與端詳
十月二十四日過西湖
不晴不雨只陰陰此日西湖倦色侵
孤塔偶從雲外見好山如在夢中尋
幽懷自樂波光澹清嘯遥隨谷籟沈　三

063

棹到水心亭下泊半林黃葉識秋深
十一月二十四日再過西湖
臨流莫笑影婆娑一月西湖得再過
煙斂波光如薄暈日融山色似微酡
疎鐘渡水無歧籟落木攢空有靜柯
短棹夷猶亦徒爾累他蘆鴈戒心多
夜坐　以下十三年
雲月吐還翳餘光猶在林窅然見流
水萬壑自沈沈老柏作人立松風時
一吟寒生知坐久茗椀靜愔愔

064

西山紀游詩

數年以來李石曾先生在北京西山從事農林並開創學校墾天然療養院余數得音訊而未獲一臨其境爲憾十三年春日余以事潛入北京因得抽暇暢遊西山為詩紀之得若干首

始出西直門歷西山至温泉村

宿
郊行值春陰羣峯隱如簇玄雲豁天
際蒼翠忽在目西山多爽氣風物至
蕃沃温泉更幽絕一水戞鳴玉依山
結村落高下見茅屋初日絢平林春

肆

065

肆

氣温以淑兒童讀書聲若與田歌續
桃李已微華馨香采盈匊樹木與樹
人為日常不足禽聲繁且和萬彙盡
涵育逶迤登小丘曠衍眺平陸居庸
屹相向蕭爽動心曲

登金山憇金仙庵
列岫隱蒼煙傾崖響玉泉澄心寄丘
壑遠目隘幽燕危石下無地孤松負
在天名山新事業佇看集羣賢

宿碧雲寺

066

鴉影落寒山鐘聲出遠寺行行知漸
近已見碧雲起石闕何嵯峨寶塔五
星聚孤標不可即如出碧雲際奇松
生石罅老柏影交翠朱垣隱復現又
在碧雲裏憶昨遊温泉水聲清在耳
復攬金山勝遠目盡千里得此信三
絕可以歎觀止名山宜講學合并真
與美東風動絃歌山水益輝媚結隣
有故人相見各歡喜茅屋三兩椽魂
夢得所寄夜來臨水坐疏星耿林翳

五

067

五

語默成自然夜氣清且肯作詩以自
韋亦以勞吾子

碧雲寺夜坐
餘霞滅天際山寺漸沈黑方庭蓄萬
綠一一潑濃墨巖壑入黝冥深沈不
可測泉聲出萬寂流遠韻更徹似聞
穿林去邂逅澗中石微風一吹蕩松
籟與之洽坐久夜逾明纖月吐雲隙
幽輝纔半林樹影清可織棲鴉枝不
動想像夢魂適幽景信難摹苦吟終

068

未得

再登金山桃杏花已盛開

新綠麥繡野輕黃柳拂池別来能幾
何春光已如斯金山累千步步步見
花枝山勢有盤陀花開無參差山色
間紺碧花光涵絳緋清輝一相映百
丈成虹霓隨花入山去花與人逶迤
回看乍来處萬樹烟霏霏

白松

秀林有奇松玉樹差可擬孤高更皎 六

069

潔抗節比君子歲寒饜霜雪顏色亦 六
相似亭亭明月中清影了無翳臨風
得相見繾綣不能已何當如翠禽樂
此一枝寄

秋夜

心似銀河凝不流涼螢的皪破林幽
桐陰漸薄松陰老併送秋聲入小樓
狼藉書城獺祭頻夜涼燈味乍相親
閒愁不為西風起自倚江樓念遠人
澹月踈星夜氣清遥聞砧杵動層城

070

微蟲不與無衣事也作人間促織聲
策策西風萬木秋玉簫哀怨未能收
繁星點點人間淚聚作銀河萬古流

歲莫風雪忽憶山中梅花往視
之已盛開矣

籬角相逢風雪侵歲寒彌見故人心
別時情緒君能記醉後踈狂我不禁
如接笑言禪思定微聞薌澤綺懷深
林間滿地橫斜月願託苔枝似翠禽
十月二十九日月下作 以下四十七年 七

071

人似歸鴉暫息翰玉山秋色靜中看 七
長飆一掃游氛盡纔識冰輪照膽寒

除夕

冰雪滿天地老梅能作花孤松青不
已相為導春華落落心如見依依景
未斜及時惟努力攬物莫長嗟

入峽 以下十五年

入峽天如束心隨江水長鐙搖深樹
黑月蘸碎波黃岸偪鼯聲縱巖陰虎
跡藏檝歌誰和汝風竹夜吟商

072

出峽

出峽天如放虛舟思渺然雲歸新雨後日落晚風前波定魚香月沙平鷺隱煙綠陰隨處有可得枕書眠

舊曆元旦經白雲山麓書所見

農隙人家靜且慵飯餘箕踞領東風
宜春帖子尋常見點綴柴門特地紅
村兒綠袴女紅妝分得黃柑著意嘗
卻道城中風物好不知身在白雲鄉
泥潦縱橫叱犢行老農辛苦足平生

073

今宵一酌屠蘇酒坐聽家家爆竹聲

雜詩

春花繡平林絳跗映青條初日揚其輝零露猶未消惟彼蝶與蜂振翅何逍遙食宿眾芳間蕊粉還相調取之亦已廉報之不辭勞東風亦良媒鳴條一何驕

郊行

溶溶新綠漲晴川鸂鶒依蒲自在眠
行過小橋餘惆悵梨花似雪柳如烟

074

山澤川塗同一例人生何處不籠樊
病懷聽盡雨颼颼斜日柴門得小休
抱節孤松如有傲含薰幽蕙本無求
閒居始識禽魚樂廣土終懸霜霰憂
暫屏酒尊親葯裏敢因苦口致深尤

病起郊行

病骨樂與瘦筇俱疎陰漏日午晴餘
覓新詩似驢旋磨溫舊書如牛反芻
岸几羅花村舍靜峯屏襯樹行人疎
林深足蘭思小憩啼鳥一聲真起予

075

即事

暮春三月雨滂沱敗壁頹簷暗薜蘿
鳥雀亦如人望治晴光纔動樂聲多

題畫

冪錦籠香好護持宛然金屋貯蛾眉
何如手種千竿竹翠羽紅襟自滿枝

病中讀陶詩

攤書枕畔送黃昏淚濕行間舊墨痕
種豆豈宜雜荒穢植桑曾未擇高原
孤雲靉靆誠何託新月依依欲有言

九

076

十七日夜半雨止月色掩映庭

竹間

竹間微雨濕幽輝萬影參差欲上衣
今夜姮娥意愁絕玉顏和淚減腰圍

春晴

宵来魂夢帖一枕足雨味晨風喚我
起庭宇已清霽垂檐柳絲重糝砌揄
錢賦槿煙搖深青蕉露泫微紫娟娟
蕙蘭花素心莖盥洗青條已紛披玉
立終不倚孤標歷小拙兀具差可喜

077

含薰空谷間清風亦時至褰衣入深
林柯葉互虧蔽輕陰篩日影樂此鳥
聲碎鸛躅無定枝燕歸有完壘布穀
尚丁寧提壺已微醉荒蹊多伏莽閣
閣相鼓吹積潦動羣黽嗡嗡亦不已
可憐聽琴者欲洗箏笛耳
萬物樂新晴亦如人望治地毛猶未
燥羣動颯然至林開蜂蝶亂水漲鵜
鴨恣病蟲蝕敗葉饑雀啄殘蕊蝸涎
巧誘敵蛛網耽待餌蓄泥蚓忘疲戴

078

粒蟻盡瘁艱難惟一飽搶攘乃如此
勞生固其所蠖屈定非計積雨綠荒
畦生事雜芳穢野草既滋蔓勢欲卷
千里蕭艾亦有花風日還自媚平生
歲寒姿至此寧獨異老松皴霜皮蘭
葦若癡疾寒梅最孤峭磊砢已多子
修竹緣牆隈根荄皆怒起大哉此春
雷一震興百廢

熱甚既而得雨夜坐東軒作

土田龜坼苗將枯桔槔鴉軋如哀呼

079

蝦蟇吻燥作牛喘炙背欲死思泥塗
長空熒熒三足烏直以碧落為紅鑪
收雲入甑炊作雨十里山水生模糊
菰蒲軒舞風來蘇榆柳放浪無囚拘
老檜偃蹇蒼髯濡長松揮灑亦自如
夜深微光来庭除碧梧翠篠膏沐餘
輕涼漸生清響疎繁星缺月如懸虛
天孫搖曳蔚藍裾佩以玉玦纍明珠
此時花木靜而姝天地萬物咸相娛
翠魚紛唼紫菱角粉蝶悄立紅蓮鬚

080

我亦跂脚牆東隅流螢熠熠照觀書

雜詩

處事期以勇持身期以廉責已既已
周責人斯無嫌水清無大魚此言誠
詹詹污瀦蚊蚋聚暗陬蛇蠍潛哀哉
市寬大徒以便羣僉燭之以至明律
之以至嚴為善有必達為惡有必殲
由来狂與狷二德常相兼

重過堅底古寺

簷蔔花開古寺東莓苔依約舊遊蹤

十二

081

迢迢遠浦乘潮月謖謖疎林隔水風
梵唄已隨鳥雀靜征衣猶映芰荷紅
牧童鬣面吹橫笛象背徜徉興未窮

海上

明明天邊月蕩蕩海上波白雲與之
潔清風與之和有如赤子心萬事相
湟磨憂患雖已深坦白仍靡它君看
寒光澈碧海成銀河一葦縱所如萬
里無坎軻

湖上

十二

082

一葉煙波萬疊間垂綸端為釣潺湲
暫留殘照天邊樹畫抹微雲雨後山
隱霧笛隨黃犢遠定風帆與白鷗閒
湖光入夜尤奇絶指點秋星久未還

麗蒙湖上觀落日以下十六年

澄波萬斛碧琳腴雲影下澈如懸虛
忽從空明生絢爛玉盤眩轉頹虹珠
凝暉流耀天之隅涵光盪影態萬殊
紫雲生瀾麗且都爛如滄海明珊瑚
絳霞蘸水柔欲濡灼如綠波泛芙蕖

十三

083

飛紅萬點餌遊魚天吳紫鳳紛縈紆
布帆棨若雲錦舒白鷗閃閃成金鳧
是時輕煙淡欲無雪峯艷出如靜姝
臙脂新染凝脂膚微渦欲動融紅酥
鏡中眉樣畫不如清暉玉色長相娛
中流雙楫何紆徐天空沆瀣相吹噓
豈惟光景難具摹幽閒澹沲意有餘
蒼然暮色来須臾洛桑灯火生糢糊
疎星缺月良相須照我藜杖歸蘧廬

廬山望雲得一絶句

十三

084

兩山缺處聚遙峯翠黛含暉色萬重
玉宇瓊樓原在望只須身入白雲中

海上

銀漢迢迢玉宇恢夜深風露滌餘埃
此心得似冰蟾潔曾濯滄溟萬里來

題畫梅

繁英若飛瓊老柯如屈鐵持此歲寒
心努力戰風雪

海上觀月

海風吹出月如如一片清光不可濡 十四

085

上下翻飛何所似淥波蕩漾白芙蕖 十四

舟中感懷

倚欄惟見水無垠天海遙從一線分
渺渺滄波峯載雪沈沈暝色岫連雲
佳兵似火終難戢止亂如絲祇益棼
惆悵風濤作松籟夢回猶認故山聞

白蓮

澹然相對蘊皆空坐久微馨偶一逢
玉骨冰肌塵不到亭亭恰稱月明中

海上雜詩

086

朝暉流影入雲羅晝熨風紋似鏡磨
一種清明和悅意欲將坦蕩託微波
碧浪千層天四圍斜陽欲下尚依依
輕舟驚起潛魚夢隊隊凌波作燕飛

春歸

幾日棠梨爛漫開春歸重對舊池臺
情隨芳草連天去夢逐輕鷗拍水回
飛絮便應窮碧落墜紅猶復絢蒼苔
梓桐拱把清陰好還記年時手自栽

十五 比那蓮山水之勝前遊曾有詩

087

紀之自西班牙橋沂瀑流而上 十五
攀躋崎嶇山徑間可六七里得
一湖其上更懸瀑布二更上則
雪峯際天矣此前詩所未紀也
今歲復遊補之如次

峨峨青芙蓉去天不盈尺一水孕其
內湛然作寒碧水光聚峯影絳縞互
明滅有如置明鏡倒映天際雪雪花
飛入水水與雪同冽又如拓金盤於
此承玉液昔聞太華頂天池中蕩潏

088

此水將毋同終古流不息挹彼天上
泉沏此山中石蕩為千頃波掛之萬
仞壁遂令百里內變化杳難測連峯
走風雨盡澗鳴霹靂我來臨清流毛
髮為灑淅水面如鏡磨水心如箭激
迴飆之所薄巉刻露山骨谷風扶陰
冷白日澹無色既檥湖上舟復憩巖
下穴石危松不撓雪沃花更潔悠悠
無心雲荒荒斷腸碣繁星揭中夜下
聽衆流咽

十六

089

湖濱危石突出上植一碑昔有英
人夫婦新婚旅行泛舟於此溺焉
湖境既清對此碑
益增遊人感喟

瑞士幾希柏瀑布自山巔騰擲
而下注於勃里安湖遠映雪山
近蔭林木余在此一宿而去

誰歟挽天河直下幾千仞人間塵萬
斛快然一洗淨飄颻下雲梯跌蕩臨
玉鏡波光散復聚歷亂雲霞影平生
志淡泊樂此清絕境孰云風氣寒松
柏各蒼勁月出水更幽泉響山自靜

十六

090

遲明不忍去曳杖衆峯頂

以下十八年

秋夜

夜聞霜林號撫枕百憂集朝來天地
間凜凜見寒色商飆一何迅掃此流
塵積叢憂亦如此摧陷苦不力學道
與光陰勢若常相厄崎嶇蟻負重飄
瞥駒過隙豈無欲速意所戒在枉尺
不勞而可獲失之未云惜短檠不我
棄朝夕伴矻矻

譯露俄共和二年之戰士詩一

十七

091

首

吁嗟共和二年之戰士吁嗟白骨與
青史萬人之劍齊出匣誓與暴君決
生死暴君流毒遍四方曰普曰奧遙
相望狄而斯與蘇多穆就中北帝尤
披猖此輩封狼從瘈狗生平獵人如
獵獸萬人一怒不可回會看太白懸
其首
漫漫歐陸苦淫威孰往摧之吾健兒
嚄唶猛將為指撝步兵塞野如雲馳

十七

092

鐵騎蹴踏風為靡萬眾一心無詭隨
勢若滄海蟠蛟螭與子偕行兮和子
以歌大無畏兮死靡他徒跣不恤霜
露多為子落日揮天戈
日之所出日之所沒南斗之南北斗
之北山之高水之深何處不有吾健
兒之足跡緣沈之槍荷於肩提襟蔽
胸肘已穿晝不得食兮夜不得眠身
行萬里無歸休意氣落落不知愁試
吹銅角聲啾啾有如天魔與之遊

093

健兒胸中何所蓄自由之神高且穆
誰言艦隊雄截海歸掌握誰言疆場
嚴鞾尖供一蹴吁嗟吾國由來多瑰
奇男兒格鬬如虹霓君不見祖拔將
軍破敵阿狄江之上又不見馬索將
軍耀兵萊茵河之湄
螢弧先登銳無前突騎旁出摧中堅
追奔冒雨後犯雪水深及腹無迴旋
受降城外有銜璧鼓吹鬧營森列戟
王冠委地如敗葉付與秋風掃蹤跡

094

健兒一身經百戰英姿颯爽眾中見
目炬爛如巖下電短髮蓬蓬風掠面
神光朗四照卓立迥高標有如狡猊
一躍臨崔嵬怒鬣呼吸風蕭蕭
壯懷激越臨沙場雄聲入耳如醉狂
甲刃相觸生鏗鏘鐃歌傳翼隨風揚
鼓聲繁促笳聲長間以彈雨聲滂滂
有如雷霆百萬強喑嗚叱咤毛髮張
嗚呼耆然長嘯者何聲赫尼俾將軍
死猶生

095

革命之神慨然而長吁蒼生億兆皆
泥塗誰無伯叔與諸姑趣往救之勿
踟躕軀殼雖殄心魂愉健兒聞之喜
萬口同一唯相將赴死如不及前者
雖仆後者繼吁嗟乎孰言窮黎天所
僇君看趯倒地球如蹴踘
生平不識畏懼與憂患力從長夜求
平旦由來眾志可成城端賴一身都
是膽共和之神從指麾百難千災總
不辭若云共和在天路便當與子躡

096

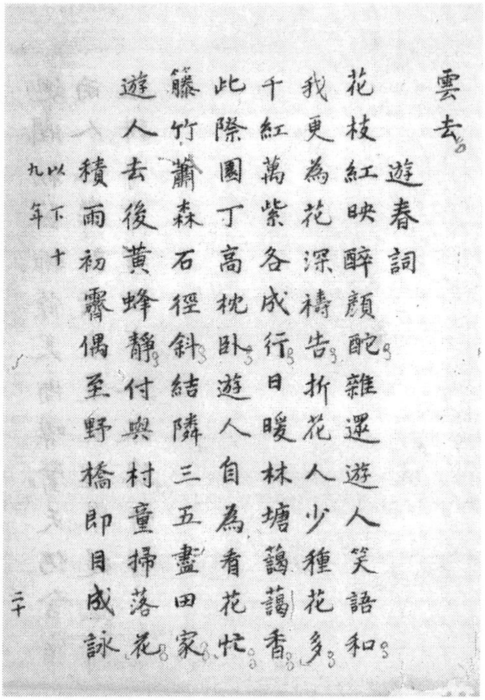

雲去。

遊春詞

花枝紅映醉顏酡。雜遝遊人笑語和。我更爲花深禱告。折花人少種花多。

千紅萬紫各成行。日暖林塘藹藹香。此際園丁高枕臥。遊人自爲看花忙。

藤竹蕭森石徑斜。結鄰三五畫田家。遊人去後黃蜂靜。付與村童掃落花。

積雨初霽偶至野橋即目成詠

以下十九年

二十

097

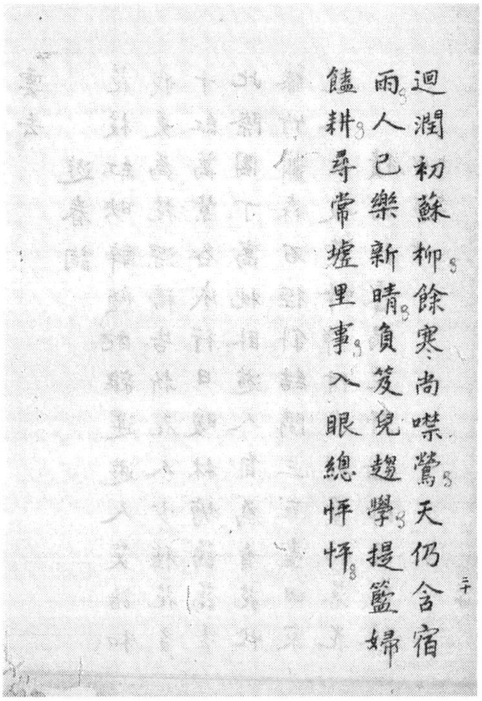

迴潤初蘇柳。餘寒尚喋鶯。天仍含宿雨。人已樂新晴。負笈兒趨學。提籃婦饁耕。尋常墟里事。入眼總怦怦。

二十一

098

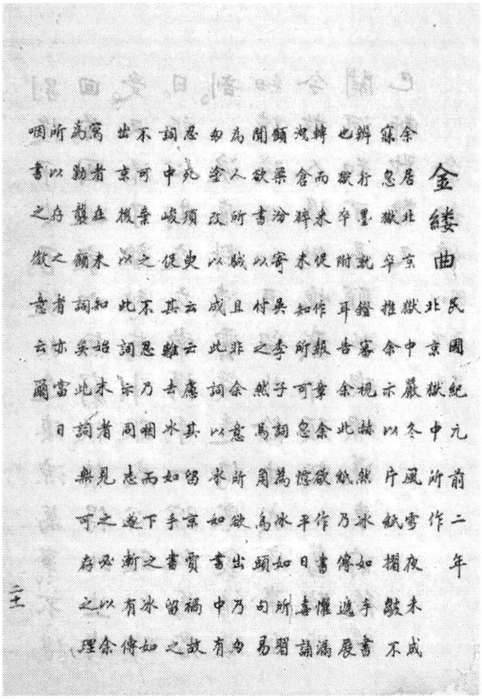

金縷曲

民國紀元前二年北京獄中所作

余居北京獄中嚴冬風雪夜未成寐忽獄卒推余示以片紙擱皺不辨行墨就燈審視赫然冰如手書也獄卒附耳告余此紙乃傳遞展轉而來促作報事余欲作書懼漏洩倉猝未知所可忽憶平日喜誦顧梁汾寄吳季子詞爲冰如所習聞欲書以付之然馬用爲頭句易爲人所識且非余意所欲出乃勿勿塗改以成此詞以冰如書中有忍死須臾云云應其留寫寶禍故詞中峻促甚雖去冰如手書留之不可棄之不忍乃咽而下之冰如出京後以此詞示同志遂漸有傳寫者在末知始富者見之必以余爲勤藝顧詞吳此詞無可存之理所以存之者亦富日咽書之徽意云爾

二十二

099

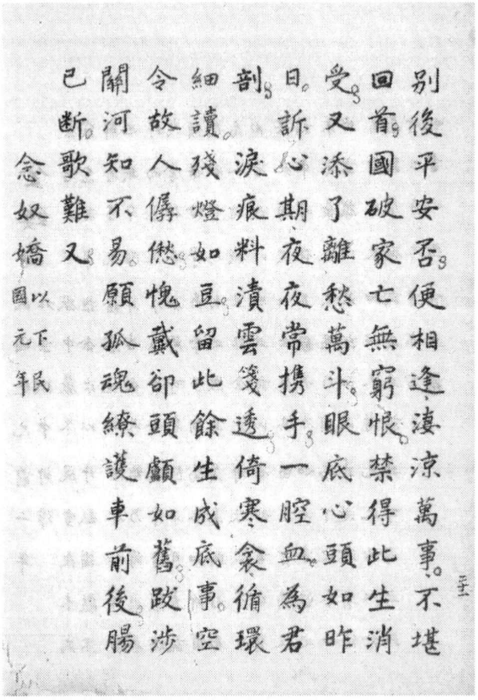

別後平安否。便相逢淒涼萬事。不堪回首。國破家亡無窮恨。禁得此生消受。又添了離愁萬斗。眼底心頭如昨日。訴心期夜夜常攜手。一腔血爲君剖。淚痕料漬雲箋透。倚寒衾循環細讀。殘燈如豆。留此餘生成底事。空令故人僝僽。愧戴卻頭顱如舊。跋涉關河知不易。願孤魂繚護車前後。腸已斷。歌難又。

念奴嬌

以下民國元年

二十三

100

偕冰如泛舟長江中流賦此

飄飄一葉看山容如枕波痕如簟誰
道長江千里直盡入襟頭舒卷暮靄
初收月華新浴風定波微翦倚然携
手雲帆與意俱遠 記否烟樹淒迷
年年飄泊淚灑關河過恨縷愁絲千
萬結纔向東風微展野藿同甘山泉
分波蓑袂平生願呢喃何語掠舷曾
笑雙燕

此詞經冰如推敲再三然後定稿附記於此

高陽台

二十一

101

福州留別方曾諸姊弟且中相見之約

澹月流波明霞浴水釣絲微漾風前
水遠天垂遙憐遠樹如所歸心已逐
征驂去怎離魂轉更淒然最難忘話
雨灯陰聽水欄邊 年來聚散渾如
夢儘思隨恨積愁與情緜閱盡悲歡
鼓山無限雲烟西窗翦燭曾相約好
凝眸天際歸船且安排翦了園蔬引
了流泉

八聲甘州

二十二

102

太平公園在四圍山色中隨水結構極自然之美余遊記中有句云坡巒起伏水流隨以縈迴花木蹊明波光為之映帶蓋紀實也是日大雨衣履盡濕而遊興轉勝為賦此詞

纔輕雷送雨便蕭然晚涼滿人間看
疏林風澹平原暝合遠水烟涵是處
鳴鳩相和 底事語闌闌罨畫溪山裏
蓑袂入閒 夢裏遊蹤曾記試臨流
照影緣上眉彎笑送岑沈醉依約彈
雲鬟輕颸微颭枝頭露似桃波靧面
欲生寒歸來後一鈎新月初上闌干

二十三

103

齊天樂

印度洋舟中

海波浮艇山如動孤舟已懸天半雲
幕周遮星鋩搖漾月黑冷燐零亂狂
瀾正捲怎海若頻翻魚龍未厭夢入
空濛射潮強弩倩誰挽 閑河此時
日遠鎮無言徙倚清淚如霰萬里波
濤百年身世一樣蒼茫無畔幡然意
渙羨浴羽魚閒眠窩燕嬾驀地憂來
奈何空自喚

二十三

104

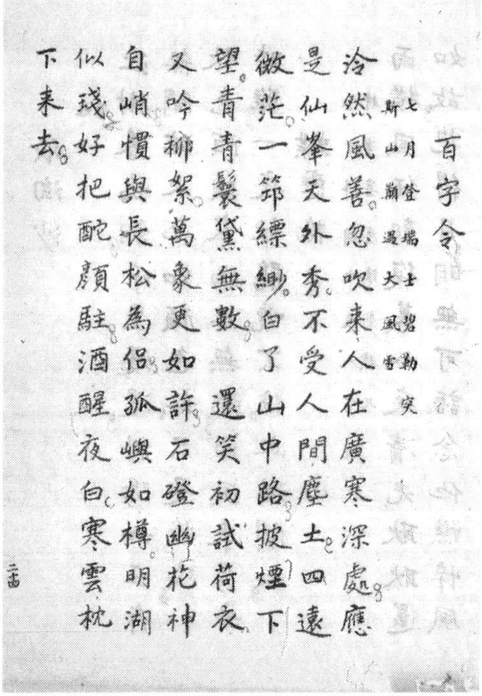

百字令

七月登瑞士碧勒突斯山巔遇大風雪

泠然風善，忽吹来人在廣寒深處。應是仙峯天外秀，不受人間塵土。四遠微茫，一節縹緲，白了山中路。披煙下望，青青鬟黛無數。還笑初試荷衣，又吟柳絮，萬象更如許。石磴幽花神自峭，慣與長松為侶。孤嶼如樽，明湖似残，好把酡顏駐。酒醒夜白，寒雲枕下来去。

二十四

105

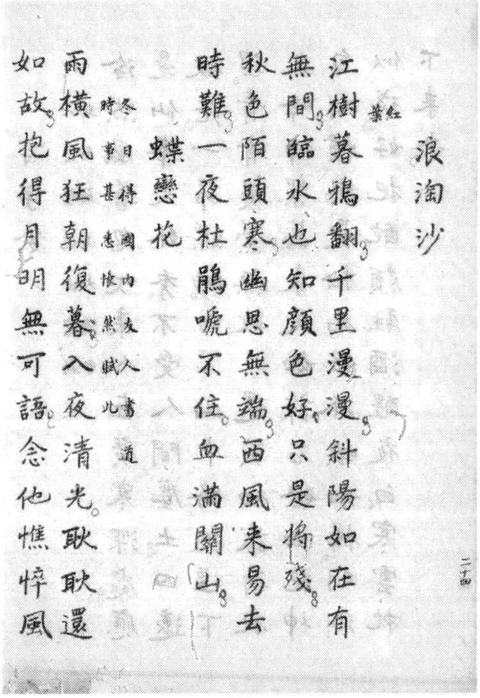

浪淘沙

紅葉

江樹暮鴉翻，千里漫漫，斜陽如在有無間。綰水也知顏色好，只是將殘。秋色陌頭寒，幽思無端，西風来易去時難。一夜杜鵑嗁不住，血滿關山。

蝶戀花

冬日得國內友人書述時事甚悲悵然賦此

雨橫風狂朝復暮，入夜清光，耿耿還如故。抱得月明無可語，念他憔悴風

二十四

106

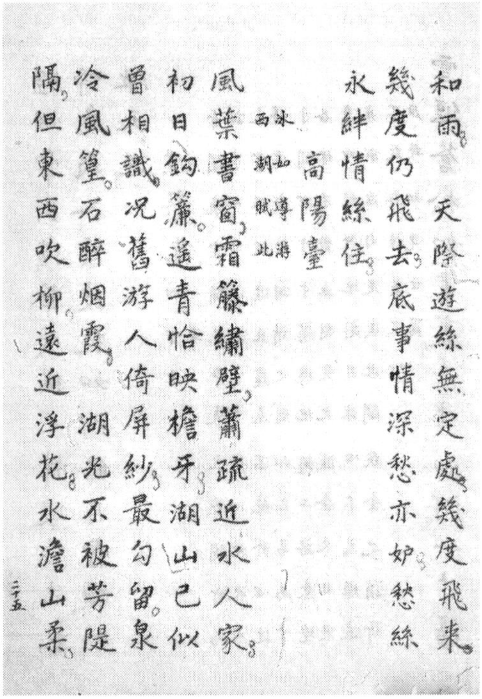

和雨。天際遊絲無定處，幾度飛来幾度仍飛去，底事情深愁亦妒，愁絲永絆情絲住。

高陽臺

冰如導游西湖賦此

風葉書窗，霜籐繡壁，蕭疏近水人家。初日鈎簾，遙青恰映檐牙，湖山已似曾相識，況舊游人倚屏紗，最勾留泉冷風篁，石醉烟霞。湖光不被芳隄隔，但東西吹柳，遠近浮花，水澹山柔

二十五

107

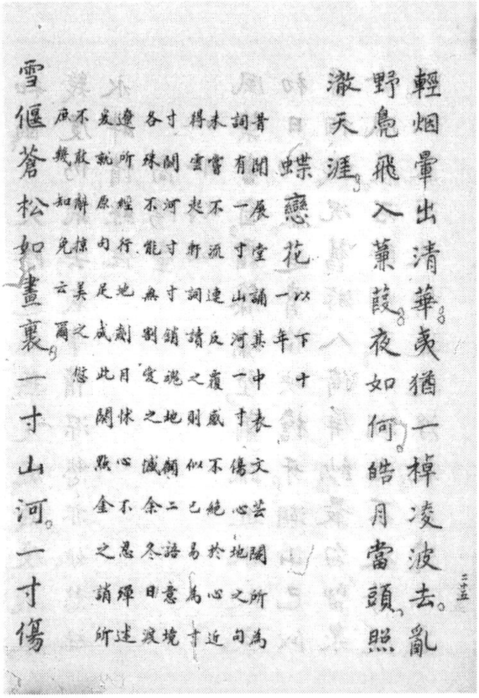

輕烟暈出清華，奐猶一棹凌波去，亂野鳧飛入蒹葭，夜如何，皓月當頭照澈天涯。

蝶戀花

以下十一年

昔閒展堂誦其中表文芸閣所為詞，有一寸山河一寸傷心地之句，未嘗不沉逮反覆，感不絶於心。近得雲起新詞，請之，別似已易為寸寸關河寸寸銷魂地闕，二語意境各殊，不能無劉愛之滅余冬日滅邊所經行地劇月休心不忽繹述就原句足成此闕點金之請所不敢辭棖美之卮幾如免云爾愁

雪偃蒼松如畫裏，一寸山河，一寸傷

二十五

108

心地浪嚙巖根危欲墜。海風吹水都成淚。夜涉冰澌尋故壘。冷月荒荒照出當年事。蒿塚老狐魂亦死。髑髏奮擊酸風起。

前調

大連晚望

客裏登樓驚信美。雪色連空。初日還相媚。玉水含暉清見底。縞峯一一生霞綺。水繞山橫仍一例。昔日荒邱。今日鮫人市。無限樓台朝靄裏。風光

二十六

109

不管人憔悴。

采桑子 以下十二年

人生何苦催頭白。知也無涯。憂也無涯。且趁新晴看落霞。春光釀出湖山美。纔見開花。又見飛花。潦草東風亦可嗟。

綺羅香 冰如有美洲之行賦此送之

月色輕黃。花陰淡墨。寂寂春深庭戶。自下重簾。不放游絲飛去。博今宵繁

二十六

110

語西窗拚明日銷魂。南浦。最憐他兒女燈前。依依也識別離苦。蒼茫烟水萬里。好把他鄉風物自溫情緒。柁尾低飛空妒煞閒鷗鷺。當海上朝日生時。是江東暮雲低處。正愔愔梅子初黃。小樓聽夜雨。

齊天樂 過鶴爾加松故居

蔚藍不被纖雲染。輕飆捲來秋爽。遠岫如烟。平沙似雪。人與白鷗同放。漁

二十七

111

歌晚唱。看一棹歸來。釣絲微漾。殘日猶明。盈盈新月已東上。滄波澹然相向。似依依繪出。當日情狀。草徑全荒。松園盡長。只有青山無恙。臨風悵惘。儘馬策檛門。塵封蛛網。落葉蕭蕭。亂蟬空自響。

晉羊曇為謝安所器重安居近西州門安既歿曇不敢適西州門一日大醉經過城下左右告曰此西州門也曇感動馬策檛門大哭而去余過鶴爾加松方氏姊君瑛故居悲不自勝故用此語

行香子

二十七

112

皛皛平川快雨初晴棹扁舟一葉風
輕烟消穹碧雲歛遥青看半江霞烘
素月作微頳 圓波如鏡踈林倒照
似蟾宮桂影縱横冥然兀坐風露冷
冷儘月搖心波搖月雨無聲
探春慢
風惜殘紅雨培新綠又是一番天氣
淺草鳴蛙浮萍聚鴨各有十分生意
誰道春歸了看滿眼芳菲如此空憐
唬鴂多情聲聲為春憔悴 省識清

二十八

113

和味好況野色晚来恰稱新霽薄靄
收霏流虹散彩玉宇天然無滓一點
谿山月曾照我杏花陰裏只願清輝
湛然不令心起
浣溪沙
遠接青冥近畫闌 鷗飛渺渺不知還
陵高彌覺碧波寛 玉宇鮮澄新雨
後翠嵐融冶夕陽間果然人世有清
安
百字令

114

家特圖
山中作
蒼崖四合悄無人惟見玉龍飛舞萬
仞盤紆行漸上卻似淩虛微步眾壑
森森連山簇簇捲入雲濤去一峯未
沒傈然如作孤注 堪歎玉宇瓊樓
清寒如此留得何人住縱使素娥能
耐冷脈脈此情誰訴小夢醒来殘輝
猶在滴滴沾衣露曙霞紅映霓裳應
為君賦

二十九

115

116

附錄曾氏原跋

嘗讀南社詩話闕於汪精衛先生之詩有一條如左

去歲冬日余於坊間購得汪精衛集四冊第四冊之末附詩百餘首又購得汪精衛詩存一小冊讀之均多訛字不可勝枚曾各買一部以寄示精衛並附以書問詢此等出版物皆得其允許否何以訛誤如此旋得精衛覆書如下奉手書及刻本兩種敬悉弟文本以供革命宣傳之用不問刊行者為何人對之惟有致謝至於詩則作於小休與革命宣傳無涉且無意於問世僅留以為三五朋好偶然談笑之資而已數年以前旅居上海葉楚傖曾攜弟詩稿去既而弟走廣州上海民國日報逐日登弟詩稿弟致書楚傖止之已刊布大半矣

117

大約此坊間本即搜輯當時紙端所刊布者刊布尚非弟意況於印行專本乎訛字之多不必校對置之可也

又有一條如左

余嘗在廣州東山陳樹人寓得見精衛手錄詩稿簽題為小休集並有自序一首以精衛之自序勘精衛之詩覺其所言一一吻合蓋精衛在北京獄中始學為詩當時雖鋃鐺被體而負擔已去其肩工誠哉為小休矣因居一室無事可為無書可讀舍為詩外何以自遣至於出獄之後則紀遊之作居其八九蓋十九年間偶得若干時日以作將息而詩遂成於此時耳革命黨人不為物欲所蔽惟天然風景則取不傷廉此蘇軾所謂惟江上之清風與山間之明月取之無盡用之不竭者精衛在民國紀元以前

118

嘗為馬小進作詩集序最近為陳樹人作畫集序皆引申此義被為汪精衛詩存作序者始未知精衛作詩之本指也

以上二條皆深知汪精衛先生者顧先生之詩雖自以為與革命宣傳無涉不欲出而問世然其胸次之涵養與性情之流露能令讀者往往受不忍釋而坊間刊本既多訛謬即南社同仁如胡樸安所為叢選鈔先生之詞亦復羼入他人所作然則苟得善本而精校之刊布於世以供讀者使無魯魚亥豕之憾固藝林之所樂聞而亦先生所不以為忤者也余從先生久得見先生手所錄詩竊謂生平所或不止此然既為先生所手錄則其可深信不疑已樂佚言爰與二三同志謄錄校勘印成此本以餉嗜讀先生之詩者並紀其始末如右

民國十九年六月二十日

曾仲鳴

119

謹跋

120

掃葉集與雙照樓未刊稿

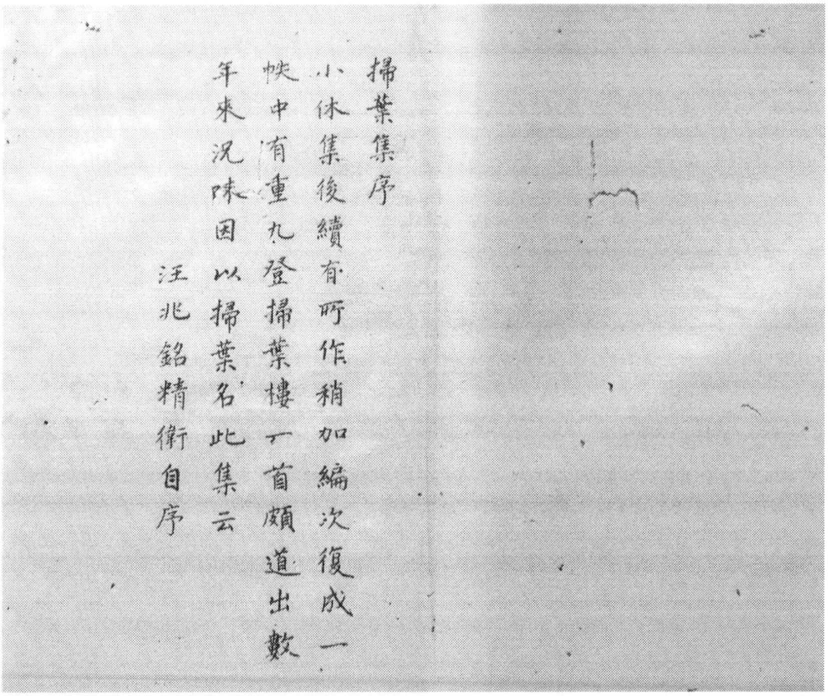

掃葉集序

小休集後續有所作稍加編次復成一帙中有重九登掃葉樓一首頗道出數年來況味因以掃葉名此集云

汪兆銘精衛自序

001

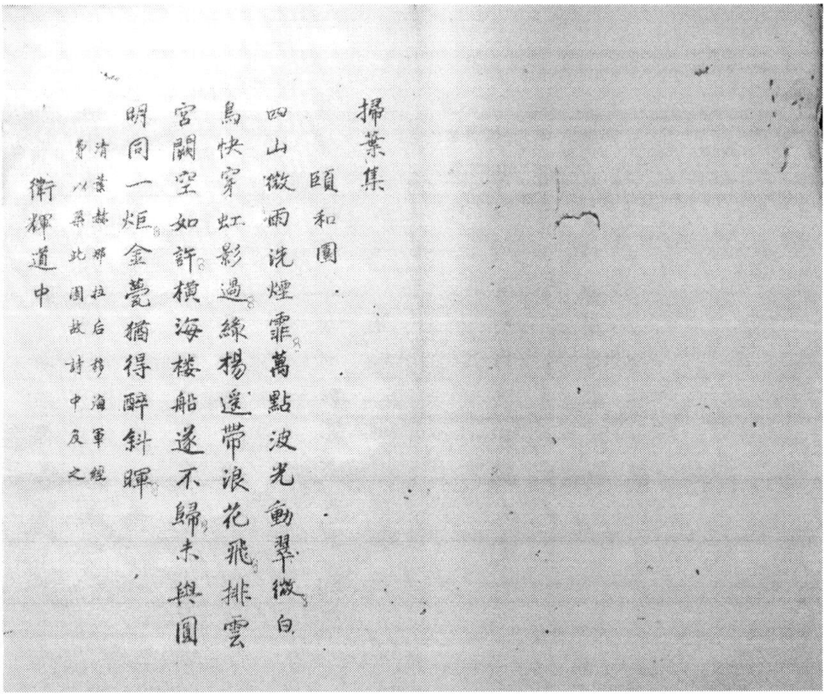

掃葉集

頤和園

四山微雨洗煙霏萬點波光動翠微白鳥快穿虹影過綠楊遥帶浪花飛排雲宮闕空如許橫海樓船遂不歸未與圓明同一炬金甍猶得醉斜暉

清葉赫那拉后移海軍經費以築此園故詩中及之

衛輝道中

002

川原如錦煥朝陽生氣蓬蓬布八荒漫
地牛羊成異色滿山松柏散幽香野田
零露宜禾稼墟里炊煙熟稻粱一種融
融真樂在夫耕婦饁本家常
太原晉祠有老柏偃地人云周時
物也為作一絕句
晉祠老柏倚天長布影寒流色更蒼羨
汝蕭然明月下不知人世有風霜
他日復得一絕句
枕流端為聽潺湲別有虬枝土接天此
樹得毋同卧佛沈沈一睡二千年
中秋夜作
纔息青鐙下薄帷窗間了了見花枝由
來明月多情甚不照團圞照別離
對月
枯樹藏鴉白可窺冰蟾欲没更遲遲沙

二

003

場戰骨閨中婦共影同光此一時
過鴈門關
殘烽廢壘對茫茫塞草黃時鬢亦蒼賸
欲一杯酬李牧鴈門關外度重陽
一抹殘陽萬里城更無木葉作秋聲誰
知獵獵西風裏鴻鴈南來我北行
道中作
行役何時已秋深景物繁亂山苞大野
平地茁遥村歸牧鈴聲急爭巢樹影翻
小休容可得鐙火在柴門
潭上
百尺秋潭徹底清冰蟾徐在鏡中行琤
瑽忽作瓊瑤碎不是波聲是月聲
雜詩
海濱非吾土山椒非吾廬偶來讀書暇
於此事耕鋤相彼蒔花竹欲使交扶疏

004

二
培壤鑿為田因以治瓜蔬曾聞斥鹵地
三歲不成畬土膏未盈畚石骨已專車
敢云心力勤可以變荒蕪筋骨既已疲
魂夢或少舒朝來視新栽日照東山隅
多謝杜鵑花使我衰顏朱
佳種不易致移自遠山隈珍重萌蘖生
一日看十回小筧引新泉冷冷滿尊罍
天寒雨澤少何以報瓊瑰悠然空谷間
蝴蝶忽飛來舊草為君青新花為君開
韓公好悲春宋子好悲秋區區不忍心
人乃謂何求世情惡真率巧笑飾煩憂
大道惟蒼旻可以縱怨尤由來于田人
號泣不可收於氣則至剛於情則至柔
春秋有佳日欲與共綢繆
朝來霧氣重天半山盡失初陽鵝子紅
破白乃無力披蓑行林間雨自蓑針滴
肆

005

肆
縮項入笠簷苔滑礙行屐草根泥漸解
萍際水微活荷鋤此其時沾衣詎云惜
梅花顧我笑數枝正紅溼遲知新霽後
青動萬山色
青松受嚴風兀兀不肯剔不如靡靡草
暫屈還復伸強項性使然骨折何足論
我行松林下風落不拾巾不辭衆草笑
只畏青松嗔
海壖多悲風草木不易蓄曠土終可惜
結構成小園種菜與鋤瓜閉門學隱淪
古人或有然此意匪我存目欲去荒穢
手欲除荊榛孰云筋力衰猶足任斧斤
有蘭生前庭有菊榮東軒有豆種南山
有松植高原桃李以為華松柏以為根
秋風不能仇春風不能恩豁然披我襟
海天蕩無垠
五

006

我聞古人言脩竹比君子見賢思與齊
上達終不已嶺南有木棉兀暮亦可喜
每當伍凡卉輒欲出頭地黄老實中怯
不殆因知止生令習陰懦伈伈無生氣
吾生良有涯斯道乃無涘慨然念征邁
養勇在知恥
去惡如薅草滋蔓行復萌掖善如培花
芒芒不見形平生濟時意朽落無所成
倚枕忽汎瀾中夜聞商聲願我淚為霜
殺草不使生願我淚為露滋花使向榮
不然為江河日夜東南傾

即事

整頓書城暫作家漁鐙明處是天涯漫
遊蹤跡如飄絮學道光陰似養花缺月
愈教林影靜微風不放竹枝斜閒來且
倚闌干立莫負芳時攬物華

五　六

007

飛花

疾風吹平林衆樹失芳菲古今傷心人
淚眼看花飛花飛正紛紛子生已離離
今日青一捻他日大十圍一樹能開千
萬花不啻一花化作千萬枝花亦解此
意飛去不復疑飄颻隨長風安擇海角
與天涯今年送春去明年迎春歸新花
未滿枝故花已成泥新花對故人焉知
爾為誰故人對新花可喜還可悲春來
春去有定時花落花開無盡期人生代
謝亦如此殺身成仁何所辭

兩三年前嘗養痾麗蒙湖濱樂其
風景冬夜擁被憶之如在目前成
絕句若干首

清曉湖奩向日開雲天上下淨無埃水
光凝碧山橫紫著个輕帆似雪來

六　一

008

雨餘窗外滿青山病起微嫌足力孱小
立闌干看亦好人生難得暫時閒
萬頃湖光一小舠水波嬾嬾不成濤畫
橈點鏡知何似羹已輕調碧玉膏
漠漠湖光淡淡風天邊初見日曈曈須
臾鍛鍊山頭雪影落波心萬炬紅
風日清嚴氣更澂森然秦鏡欲生稜白
鷗叫破千山靜飛下湖心啄斷冰
花木樓臺掩映間扁舟載得夕陽還舉
頭天外分明見卻向波心望雪山
婷舟緩緩近菰蒲驚起橋頭雪色鳧飛
入水精盤子去波光如汞月如珠
露溼苔磯夜氣生水清荇藻更縱橫垂
綸別有悠然意不釣游魚釣月明
戴雪峯如高士髮醲霞波似美人顏小
詩裁就從頭讀抵得乘桴一往還

009

木芙蓉
隨分濃妝與淡妝水邊林下最清揚霜
華為汝添顏色只合迎霜莫拒霜
朝來玉骨傲西風晚對斜陽酒暈紅如
此獨醒還獨醉幾生修得到芙蓉
余詠木芙蓉有句云霜華為汝添
顏色只合迎霜莫拒霜他日檢蘇
東坡詩集有和陳述古拒霜花詩
云喚作拒霜知未稱細思卻是最
宜霜此誠所謂得句還愁後古人
也因引申此義復成二首
棠梨榮春風芰荷舒夏日豈或使之然
於性各有適芙蓉生水畔未與蒲柳別
一朝犯霜露凜然見顏色亭亭如靜女
落落少華飾翠袖亦已薄素心有餘熱
初陽為傅粉亦不嫌太白夕陽為施朱

010

亦不嫌太赤態含三春艷氣得九秋潔
雲霞以為華冰雪以為質瀟湘鑑其資
表裏皆清絕既緬林下風復懷高世節
會當延素娥樂與永今夕

士生抱耿介憂患乃乘之及其茹荼久
翻謂甘如飴芙蓉亦草木詎與繁霜宜
艱難九秋中獨此貞秀姿正如處窮厄
志節乃爾奇誰知方寸間歷歷皆瘡痍
西風日淒厲百卉歸黃萎後凋亦何為
踽踽良可悲

夜起

星斗耿檐際微霜溼畫闌蟲聲深院靜
鴈影碧天寬簌簌黃金樹幽幽白玉蘭
秋來如有跡思發自無端

黃金樹一名桉樹自澳洲移植白玉蘭花類含笑而香色益清粵中多植之

011

吊鐘花

日華的皪滿樓台照取繁花爛漫開想
見瑤池王母宴衆仙同覆紫霞杯
蕊珠和露浥微馨風味清淳似醁醽我
與衆生同一醉千鐘撞罷不曾醒

吊鐘惟嶺南有之鼎湖山最盛

題陳樹人娘子關秋色圖

夜涉滹沱感逝川馬蹄車轍又經年還
來表裏山河地坐對漂搖風雨天不斷
秋聲聞髣髴漸疎林葉見鴟鳶才難千
古元同歎巾幗成名亦自賢

先太夫人秋庭晨課圖亡友廖仲愷曾為題詞秋夜展誦泫然賦此

一卷殘編在短檠思親懷友淚同傾百
年斷斷行將半孤影蕭蕭只自驚人事
蹉跎成後死夢魂勞苦若平生風濤終

012

喧豗甚鎮把心光對月明
雨霽
迴颷忽捲雨廉纖夾籟幽光此際兼洗
滌長天為砥礪磨礱新月作鉤鐮劃開
碧落銀河湧淨刈浮雲玉宇嚴夜靜更
饒風景澈倚闌數徧萬峯尖
雨後郊行
芳樹緣溪灣復灣靜聞幽鳥答潺湲微
風忽幻波間月薄靄能匀雨後山桑陌
陰濃篁管集稻田水滿桔槔閒彌望新
綠非無謂天使疲氓一破顏
夜泛
微雨颯然過川原生夕涼風平波去懶
雲碎月行忙螢火出林大漁鐙在水長
慢搖孤棹去荷葉久低昂
臥病莫干山中作

013

秋月愛閒曠亭亭臨空山山亦愛清輝
膏沐千螺鬟流泉隔深竹夜靜聞潺湲
歡然禮素娥環佩鳴珊珊莫邪助干將
鑄劍誅神姦豐城久湮鬱延津何時還
今宵映水月光射牛斗寒始知芙蓉鋏
赫然留人間何當挾銀河灑作甘露溥
下土同披襟快然洗痌瘝
病中作
奮飛無力但長吁臥看簾波日影徂國
勢急於駒下坂世程曲似蟻穿珠差池
未得三年艾桴落徒懸五石瓠移枕正
遲明月上枝頭烏鵲莫驚呼
飛飛螢火惜居諸一病因循久廢書曲
突徙薪嗟已矣焦頭爛額復何如猶聞
蝸角爭蠻觸敢望豚蹄得滿車夜半打
窗風雨惡有人躑躅望蓬廬

014

十三

晚眺

茅茨絶頂四無鄰浩浩川原暮色匀遠
鹿寛雞頻引領歸猿戲樹欲忘身雲來
忽使山都活月上還於水最親乞得林
間一席地鴉喧不礙苦吟人

山中即事

萬峯雲際互沈浮樹石生霉不似秋好
是風吹涼月醒竹聲和影入瓊樓

入山十日雨多晴少於其將去投
以惡詩

茲山陰雨竄勢已席全勝陽光攖其鋒
卻退恐不猛白雲尤誕謾晴晦惟所命
當其出地底不雨亦陰凝著草草生毛
著樹樹生瘿著水水糢糊著山山餖飣
峯頭與林麓千百懸巨絙上絙天使墜
下汲地使迴昏然天地合萬象同一暝

十四

015

十四

山川與城郭次第收入甑可憐炊煙起
但見餘沫遊黑子七八九高峯露其頂
須臾亦沈没漠漠迷千頃我來山中住
初意得佳景澄懷挹秋爽虛抱洽山靜
豈知遘此厄耳目皆已屏愧無玄豹姿
隱霧豈其性出門心惴慄跬步皆陷阱
臨水不聞聲對山不見影退藏一室内
又似蛙在井更如鼠居穴晝伏不敢逞
大雲偏户牖咄哉兵壓境紙牖偶投隙
突入遂馳騁濛濛一室内方向渾不省
曉帷垂沈沈晝燭燒耿耿悶疑絮塞鼻
溼恐菌生脛踐地忽如浮觸壁嗟已梗
十日未一醉胡為此酩酊不如鋪大被
高卧待其醒

送别

把酒長亭杯已空行人車馬各西東楓

十五

016

林不共斜陽去自向荒郊寂寞紅 十五

對月

蕩蕩青天萬頃田壞雲如草月如鐮姮
娥不作包荒計淨刈空華見妙嚴

夏夜

藉草蔭林坐勞人珍夜涼風枝搖復止
露葉暗生光鶴夢從酣穩蛙聲正肆狂
依依星斗沒耒耜及朝陽

觀月戲作

二妃把臂游雲海指點齊煙橫杳靄酒
酣笑解明月珠拋入滄溟發奇采蕭蕭
微風起青蘋千波化作蒼龍鱗一鱗中
有一珠在水晶宮闕成繽紛一丸自向
天心靜萬盞波光浮不定須臾水月已
交融匹練秋光霜外冷

夜起

十六

017

月色縞庭樹輕風生夜閑四圍聲影靜 十六
松蟀伴微歎野曠戍樓直江明漁火殘
疎枝近河漢還念鵲巢單

重九集掃葉樓分韻得有字

驚風飄落葉散作沙石走擁篲非不勤
積地倏已厚仰觀高林杪柯條漸堅瘦
危巢失所蔽岌岌不可久宿鳥暮歸來
棲託已非舊踟躕集空枝婉孌終相守
此時登樓者歎息各搔首西風日淒厲
殆欲摧萬有何以謝歲寒臨難義不苟
蒲柳奮先登松柏恥彫後敢辭晚節苦
直恐初心負高人緬半千佳節遭重九
還當掃落葉共煮一尊酒

秋夜

露冷庭除夜已分麗空星斗正繽紛旻
天不作防川計萬葉喧秋只靜聞

十七

018

冬晴郊行書所見

曈曨層陰塞雨間豁然風物變朝顏霜
絲盡綴玲瓏樹日炬渾融鐵石山迴野
清嚴人意適長空寥濶鳥飛閒攜節更
上崎嶇路数點黄梅若可攀

春晝

林影遲春晝柔風弄袷衣花明酣日氣
柳密亂煙絲窗紙留蜂駐簾旌礙燕歸
苔痕如有會綠滿舊漁磯

十七

山行

幽深不可盡磐石慧中程壑聚千花影
泉流萬竹聲靜恬魚得所戒慎鹿微行
未覺冰輪上羣峯背漸明

禊日集後湖分韻得林字

春服初成感不禁物華人事兩駸駸曉
風宛轉傳新哢夜雨殷勤澤舊林各有

十六

019

興懷時世異了無閒斷化工深君看枝
上青如豆肯負飛花墜溷心

菊

爛漫花枝總刹那東籬秋色獨峩峩能
同風露耆持久兼得雲霞變化多華采
外敷神自澹堅貞內蘊氣彌和平生不
作飄茵計但把殘英守故柯

十八

郊行

雨餘溝洫水泱泱綠整秧針列萬行草
跡驢蹏融日氣柳絲牛鼻赴波光采桑
女似鳥鶬鬧放學兒如蚱蜢忙一角茅
棚煙縷起好斟茗椀共徜徉

乘飛機至九江望見廬山口占一
絕句蓋別來八九年矣

萬峯攢聚水縈迴晴日穿雲紫翠開五
老舉頭齊一笑故人天外忽飛來

十九

020

十九

廬山雜詩

九年夏秋間余游廬山曾為絕句若干首十六年秋冬間復游則得一絕句而已二十一年夏間曾復一至自是歲亂一二至留則二三日得句則以小箴書之拉雜不復編次云

行廬山道中

參差不辨最高峯疊翠浮青幾萬重著得煙雲齊欲活滿天鱗爪看飛龍

曉登天池山將以明日來飛機發九江

屏嶂重深路轉幽豁然開朗眾峯頭山連鐵騎奔如放水亘銀河凝不流初日作舒天錦豔微風忽送海綿浮明朝更奮凌雲翼一覽千巖萬壑秋

晚眺

濯足龍宮興未休天池曳杖更夷猶松門已視千鴉駕花徑還從一鶴遊輕靄

二十

021

二十

緣迷巖佛手夕陽紅上石人頭秋來邨壑明如畫抵得春時錦繡不

自神龍宮登天池山則佛手巖人頭石錦繡谷花徑松門諸勝歷歷在目

大漢陽峯上植松甚多古茂可愛詩以紀之

猱升漸上最高峯喘汗纔收語笑同河漢倒懸行杖底江湖齊落酒杯中泉灑風雨飛騰壯山納煙雲變化重回首不嫌歸路永萬松如鶴正浮空

大漢陽峯為廬山第一主峯登絕頂作長句

萬嶺如僂拱四方俛看五老亦兒行波光窈沓分湖口樹色蒼茫接漢陽天上風雲致明晦人間心力變滄桑陸沈正有為魚歎敢向崖前謁禹王

禹王崖在峯下

二十一

022

二十二

天池山上有王陽明先生詩一首
鏡巨石上昔年曾作詩紀之今歲
為作亭以蔽風雨落成題壁
片石千秋挹古馨蕭收畫本入危亭江
湖赭碧分雙鏡吳楚青蒼共一屏世眼
佛灯攙鬼火道心明月定風霆神龍宮
瀑終宵響猶作當年嘯詠聽

雨後

天際微雲澹欲流灑然涼意滿汀洲亭
亭過雨紅蕖直浥浥含風綠樹柔墜粉
蝶衣相慰藉游絲蛛網互綢繆最憐川
上牛浮鼻也似疲農得小休 瀟誤灑

十餘年前曾遊廬山樂其風景而
頗以林木鮮少為憾所為詩有樓
台已重名山價料得家藏種樹書
之句今歲復來廬林一帶樹木蒼

二十二

023

二十三

然因復為長句以紀之
落日猶銜萬仞山田家難得飯餘閒稻
粱鳥雀紛爭後果蓏兒童大獲還重疊
碧畦丹嶂上參差紅瓦綠陰間十年樹
木非虛願好為秋光一破顏

即事

殘暑新涼勢欲爭四山倏忽變陰晴日
專花氣連雲氣風縱蟬聲雜雨聲白鹿
台前芳未歇黃龍潭上水初平不妨弦
月遲遲上且看明河淡淡生 晴誤暗

山行

箕踞松根得小休蟲聲人語兩無尤雲
從石鏡山頭起水向鐵船峯上流初日
乍添紅果艷清霜未減綠陰稠匡廬自
是多顏色要放千林爛漫秋

自佛手巖遠望數峯秀軟殊絕為

二十三

024

作絕句四首
萬綠揉成數點山煙舒雲卷意俱閒可
能摺疊為輕扇著我清風兩袖間
數峯青出雨餘天淡暈濃皴恣自然誰
使遠山添蘊藉密林如草草如煙
煙光新塗苧蘿衣邱壑渾如襞積微寄
語天風休著力恐教吹作白雲飛
娟娟翠岫淩雲去嫋嫋清波帶月還一
樣溫柔好情性動時流水靜時山　二十三

別廬山
年年歌廬山廬山定厭聞今當欲去時
語吐還復吞上山遲延下山快廬山不
舍逐吾背失聲一歎據石坐今日廬山
太多態回頭語廬山毋為兒女顏君不
見潯陽江頭人造鳥已張兩翼遲我雲
水間建業與九江一日可往還會當袖　二十四

025

取鍾山一片石投之三疊泉中鳴珊珊
上山時日始暾下山時日已曛千峯萬
峯間一一白雲屯無問為晴為雨為朝
昏君為廬山峯我為廬山雲因風以時
來無合亦無分揮手自茲去山中茅屋
雞犬之聲隱約猶可聞我見廬山夏不
見廬山秋廬山秋色時頻復念我不諸
兒饞攝影縮取山光置案頭我則獨行
吟搜索枯腸入小休　二十四

二十五年結婚紀念日賦示冰如
依然良月照三更回首當年百感并志
決但期能共死情深聊復信來生頭顱
似舊元非望恩意如新不可名好語相
酬惟努力人間憂患正縱橫

太平角夜坐
近天風露自泠泠波遠微光閃似螢清　二十五

026

絶玉簫聲裏月萬山如睡一松醒

斐然亭晚眺

蔚藍波染夕陽紅天宇昭昭暮色融海
作衣裾山作帶飄然我欲去乘風

卧病青島少痊試遊勞山為詩紀
之得若干首

人亦勞勞似此山卻慚偷得病餘閒兩
崖斧鑿痕如畫珍重勞人汗點斑

二十五

老槐深竹影交加行到勞山道士家舊
事嬌兒能記得雪中曾折耐冬花

滿山奇石鬱輪囷水色清寒不受塵自
是老松先得地也應留坐久行人

小叢薄艷自娟娟日炙凝脂暖欲然問
得嘉名成一笑鈴蘭斜插笠簷邊

太清宮接上清宮犖确纔令一徑通誰
使游人開倦眼明霞洞口野花紅

二十六

027

兩峯缺處海天明灼灼銀波媚晚晴一
片清音聽不斷松風直下接濤聲

纍纍香粟盡垂金簇簇高梁過一尋農
事漸閒蔬飯了耦耕人坐綠榆陰

碧琉璃水接天長翡翠屏風絢夕陽左
是山光右海色中間花木蔭周行

華嚴寺口暮雲封石徑幽幽萬竹中忽
地方庭如潑水一輪明月御天風

二十六

樹老天清萬壑秋片雲峯頂自悠悠勞
人亦解霜侵鬢莫怪勞山易白頭

紫薇花發太平宮語笑還登獅子峯若
說石頭似獅子諸松一一似游龍

一亭遙出翠微巔盡納煙波置檻前日
動光華霞散彩此時山水亦斐然

仰攀喬木俛幽宮路轉千巖萬壑中海
闊天空歸一覽始知人在最高峯

二十七

028

蔥龍石帶青松色。磊落松含白石姿。兩
是勞山奇絕處。海灘回首欲歸遲。
出林澗水逝滔滔。我亦從茲泛去舠。纜
得迎來又送往。勞山終古太勞勞。

秋日重過谿蒙樓

欄楯參差帶暮煙。寺樓重過已經年。茫
茫虎踞龍蟠地。黯黯鴻來燕去天。懷古
傷今空有淚。絕人逃世苦無緣。未黃木
葉蕭疎甚。好把秋聲處處傳。

方君璧妹以畫羊直幅見貽題句
其上

兀兀高岡。茫茫曠野。青草半枯。紅日將
下。陟砠而瘏。哀吟和寡。臨崖卻顧。是何
為者。君不見風蕭蕭兮木葉橫飛。家家
砧杵兮念無衣。羊之有毛兮亦如蠶之
有絲。翦之伐之其何所辭。恐皮骨之所

029

餘。曾不足以療一朝之饑也噫。

題高劍父畫鎮海樓圖

夢裏樓台幾變遷。畫圖猶是十年前。沈
沈綠藪連滄海。矗矗紅棉界遠天。懷抱
久如含瓦石。風塵原不浣山川。白雲隱
約題詩處。指點黃花更惘然。

二十五年一月病少閒展雙照樓
圖因作此詩以示冰如

松枝與梅花。來自月輪中。皎潔自有質。
婉孌相為容。歲晚多晦冥。瑤台偶一逢。
聚影疎林下。欲語心忡忡。自從涉世來。
日在荆棘叢。只今霜霰至。何以禦嚴冬。
南枝方含和。北枝已烈風。後彫以為期。
相看漸飛蓬。回頭望來處。玉鑑明蒼穹。
照質本無滓。日光與之融。清輝澈下土。
萬里卷纖蒙。悠悠山河影。歷歷涵虛空。

030

縱橫著枝柯映蔚成蔥瓏寒色自凜凜
生氣何芃芃冰雪誠摧傷亦復相磨礱
對此意感激矯若雙飛虹願祿金石姿
頡頏以相從共命人間世不辭憂患重
百孔千瘡餘一笑報已豐憂在己不力
豈在憂時窮棲棲百年內耿耿兩心同
玉宇雖高寒咫尺猶可通蟾兔有缺時
光明長在胸何況如槃月正照小樓東

不寐

中庭看梅花夜久風月冷入門還滅燭
鑑此橫窗影離離疎復密瑟瑟亂還整
逸氣方遠出尺幅不能騁幻為清淺水
魚藻蔚相映虛明絕渣滓澹蕩含至靜
幽賞自有在香色皆已屏萬籟亦俱寂
塊然成獨醒顧慚立雪人不寐心自警

印度洋舟中二十五年三月

031

多情燈火照更殘露氣潛生笎簟寒自
被瘡痍常損慮轉令魂夢得粗安蒼波
覈月無微擢碧字箱星有密攢誰奏鷄
鳴風雨曲悄然推枕起長歎

代家書

病起扶笻陟彼岡果然日月得相望寄
聲不用遙相憶數雁天涯自一行

末句用冰如舊句

感事

劍掛墳頭草不青又將拂拭試新硎紅
旗綠柳隨時見鳥語笳聲徹耳聽松鼠
忘機緣散策天鵝貪餌逐揚舲春來萬
物熙熙甚那識人間戰血腥

山中

初日在柴門流水入清聽青草眠白羊
桃花開而靜

032

羅痕時新得家書

乍憑踈雨洗郊坰日出風生水上亭灩
灩千紅酣似醉泠泠萬綠快如醒池鳧
爭餌無倫次林鹿窺人有性靈報道江
南春正好莫搔旅鬢數星星

春夜羅痕小湖邊微月下

殘陽忽已蜕新月如蛾眉零露一何繁
洗此娟娟姿夜色幽更深不厭清光微

三十一

春氣況沖融觸處皆華滋行行入林樾
人影相因依女蘿蔓始生麑眼明踈籬
微風不生籟但拂臨水枝葉底見波光
點白成參差釣石得小坐數此清陰移
花色亦可辨草香生我衣扁舟乍款乃
已在天之涯無因發微歎宿鳥為一飛

瑞士道中

分流擘石互縈紆蟄頓山川入畫圖潑

三十二

033

翠園林新雨後滲金樓閣夕陽初天然
風景元無異人事綢繆愧不如好和湖
光入尊酒便尋幽夢到匡廬

旅仙湖上

波光淡而恬水聲輕以清鷗如仁者心
渾厚涵光明於時宿雨收天高地亦平
扁舟著其間萬象迴環生輕鷗非故人
相見已忘形就掌啄餘餌既得還飛鳴

三十二

和以和舷歌潛魚亦来聽何當泯猜嫌
物我皆康寧

鬱茲諾湖上望對岸山

萬壑如奔馬茲山最軼羣上峯曜冰雪
下谷幻煙雲中嶺横青翠都教醉夕曛
蒼茫何所見泉響九天聞

幾司柏山上

平生所觀瀑眾妙不可名惟此幽且奇

三十三

034

每見心為傾遠從雪山來飛白游青冥 三十三
一擲最高峯其勢如建瓴直下千丈強
石破天為驚千巖萬壑間往復還相縈
十步一換態百步一換聲蕩蕩入平湖
浮綠與天平山深日已夕新月猶未生
遥遥望四極霳霳涵虛明山色如明磬
湖光如墨晶畫筆所不到寫以聲泠泠
胸中若冰雪對此匹練橫有懷當如何

木末寨流星

鄺羅蒙柏道中

青山相對出懸瀑以百數使我於其間
有目不遑顧耳亦不遑聽但覺風虎虎
擊樹者誰歟水抱而石鼓我聞山與水
二美不能具動靜惟其宜剛柔各有寓
瀑也實兼之得一已千古況多多益善
四立若環堵試觀縱橫勢逸氣惟所馭 三十四

035

山為飛且鳴水為歌且舞始知天地間 三十四
落落無窮步嗟哉沈憂人一笑豁眉宇

孚加巴斯山中書所見

風聞最高峯是瀑所來處朝來仰天半
晦昧隱雲霧攀躋自山足問徑嗟屢誤
泉聲忽在耳隱若導前路隨之入山深
數數與之遇林木迭虧蔽巖岫雜吞吐
山腹陡中斷石壁深且阻巨壑哆其口
泉水紛下注谽谺仰一臼錯落受千杵
舂種力不竭拗折意彌忤並驅不少讓
互蹙作飛舞氣含冰雪冷勢挾雷霆怒
旋轉生迴瀾搖撼動底柱小石已虀粉
翕忽散復聚大石厲其齒初若相齟齬
及其沸而白轉乃相水乳化為一川雲
溶溶下山去山肩石更峭犖确無寸土
冰澌所淬厲黝若生鐵鑄其隙生小花 三十五

036

緻緻作霜縷亦有蠖屈松老幹纔尺五
餘卉摧已盡援鳥失所據饑鷹不得食
空際盤旋苦喘息及山頂足繭難再步
上有天可仰下無地可俯湖光廣百畝
深可十丈許萬古冰與雪盡向此中貯
酥融為玉液寒碧鑒心腑源清有如此
流長固其所欣然試一掬更與作洄溯

聖莫利茲山上

翠微深處碧淪漪清絕朝暉欲上時萬
柏自搖風露影四山為寫雪霜姿舉頭
已有天堪問託足元無世可遺漸不勝
寒猶不去振衣高詠太沖詩

山高合中國七千尺故以左太沖振衣千仞岡之句為詠

重過麗蒙湖

雲外飛樓月下舟八年前此共清遊湖
之於我仍青眼山亦猶人更白頭小作

037

勾留差似燕了無罣礙不如鷗憑闌感
慨知何益領取川原瀲灧秋

自題詩集後

足繭山仍遠悠然興不窮小休何處好
風日綠陰中

譯詩

饞猴望鄰樹涎墮果離離既貪得佳餌
又怯緣高枝守者況眈眈捷取亦可危
欲進多虞心欲退宜有辭此果不中食
孰云甘如飴盜泉與惡木豈屑一顧之
平生有微尚見得能自持歸家饗榛栗
詎不療吾飢嗟哉古詩人曠達類如斯
誠知無大害亦復可攢眉

曉起

連宵雨未歇簾幕閟深沈光風扇庭除
始知春已深脩竹媚新苔瑟瑟布輕陰

038

幽花不能言韻之以青禽病骨如朽株
匈萌或相尋勞心如蟄蟲趯趯將不禁
舟夜二十五年十二月
到枕濤聲疾復徐關河寸寸正愁予霜
毛搔罷無長策起剔残灯讀舊書
海上望月作歌
暮雲澹盡河星稀皓月徐升海之湄冰
輪未高光已滿已覺颯颯清風吹鯨波
萬里如燃脂聲動蟄蟄喘且疲一時冰
雪忽照眼豈止渴咽餐瓊糜嗟哉素娥
聖且慈清輝所被無偏私廣寒大開來
熙熙行歌起舞惟其宜夜深人靜聲影
微潛魚不躍鳥不飛孤光一點定中移
青天四垂水四圍亭亭脈脈將何依棲
棲皇皇終不辭上天下地隨所之入火
不灼水不濡勞勞衆生良可悲三五二

039

八須臾期同光共影勿復疑試吸沆瀣
甘如飴嗟哉素娥聖且慈我欲作歌窮
於詞
紫雲英草可以肥田農家喜種之
一名荷花浪浪取以入詩
紫雲英發水天紅鐙婦耕夫笑語同識
得江南名物否荷花浪浪醉春風
粵諺春日人倦為牛借力言牛借
其力以行田也語有奇趣取以入
詩
夢回布穀喚聲中一枕残書讀未終憊
矣真疑牛借力蘧然還作馬行空雲開
川上鱗鱗日雨過亭前翼翼風一笑尚
餘强項在荷鋤渾不後村童
飛機上作
落落青冥意所便風生河漢更泠然身

040

霓彩鳳雙飛翼目盡齊州九點煙黑子
縱橫雲下壘綠茵方罫雨中田媧皇有
恨終須補地坼東南水接天

郊行書所見

轂雨清明一瞬中郊原秀色已浮空遥
青暖受濛濛日新綠柔含濕濕風宿釀
乍開娛父老春衣初試炫兒童艱難一
過豐年樂願得和聲處處同

釣台

㦤時出處自從容留得高台有釣蹤卻
憶山川重秀日鴟夷一棹五湖東
苔蘚侵尋蝕舊碑江山風雨助淒其新
亭收泣猶能及莫待西台慟哭時

別廬山三年矣舟至九江望見口
占

纔接嵐光眼便醒別來蹤跡似飄萍慚

041

君不帶風塵色更為行人著意青

廬山道中

積翠為前導何知路阻長松香蒸日氣
草色展煙光嶺盡全湖見峯凹半刹藏
詩成剛擲筆雲海已茫茫

二十七年四月二十九日始至長
沙諸嶽麓山謁黃克強先生墓以
舊曆計之適為三月二十九日也

黃花嶽麓兩聯綿此日相望倍惕然百
戰山河仍破碎千章林木已風煙國殤
為鬼無新舊世運因人有轉旋少壯相
從今白髮可堪攬涕墓門前

自長沙至衡山道衢修潔夾植桐
樹清陰瑟瑟可覆行人花方盛開
香氣翁勃道旁居民俟其實熟榨
以取油既可自贍亦以養路為作

042

二絕句
浩浩香風未有涯離離花影正交加惜
花須似桐花鳳但領花香不礙花
夾道青青不染塵雨餘風日更清新行
人自在桐陰下便是桃源洞裏人
南嶽道中杜鵑花盛開為作一絕
句
果然火德耀南華一變嵐光作紫霞四
萬萬人心盡赤定教開徧自由花
登祝融峯
直上祝融峯遠望八千里蒼茫雲海間
不辨湘資與沅澧古來此中多志士國
難之深有如此吁嗟乎山花之丹是爾
愛國心湘竹之斑是爾憂國淚
杜鵑花
昏嗁到曉恨無涯嗁徧春城十萬家血

043

淚已枯心尚赤更教開作斷腸花
下祝融峯過獅子巖
祝融峯上日初懸獅子巖前破曉煙五
曲清湘光瀉地四圍列岫遠浮天嶠雲
自戀前賢樹石筧同甘老女泉最是老
農能力作深山處處有梯田
衡山無奇絕處惟祝融一峯巍然獨
峙四圍羣山撲地繚繞天末清湘五
曲昭晰可見此景他山所未有也獅
子巖前有松數株極古茂一株已朽
傳羅念菴所手植自祝融峯至上封
寺有石筧長可二里引泉入寺傳有
老女憫寺僧汲水之艱鳩
工鑿石為之此可紀也
飛機上作
疆畝縱橫綠野恢禾苗如水樹如苔老
農筋力消磨盡留得川原錦繡開
七月八日晚泊木洞明日可抵巴
縣矣
峽掩重門靜不棼檥舟猶及未斜曛月

044

牙影漫玻璃水日腳光融琥珀雲沙際雁驚方聚宿天中牛女又離羣川流東下人西上惆悵濤聲枕畔聞

舟夜 二十八年六月

臥聽鐘聲報夜深海天殘夢渺難尋柁樓款仄風仍惡鐙塔微茫月半陰良友漸隨千劫盡神州重見百年沉淒然不作零丁歎檢點生平未盡心

夜泊

雨底孤篷夢乍回蘋花香傍水田開浪聲恬適知風定雲意空靈識月來鼃蛤吹人如有情饕蚊繞鬢若無猜尋思物我相忘理演稚當年費盡才

不寐

憂患滔滔到枕邊心光灯影照難眠夢迴龍戰玄黃地生曉鷄鳴風雨天不盡

045

波瀾思往事如含瓦石愧前賢鄧原仍作青春色酖毒山川亦可憐

張孝達廣雅堂集金陵雜詠有云兵力無如劉宋強勵精圖治是蕭梁緣何不享百年祚酖毒山川是建康其然豈其然乎

久旱既雨得雨

夢回涼意入灯檠向曉千家曳屐聲雲腳四垂天漠漠獨看新綠雨中明

萬葉空靈受月光隔林徐度水風長平鋪一簟天階上消受人間片晌涼

去臘微雪後至立春七日始得大雪適又為上元後一日也詩以紀之 辛巳初春

立春七日雪盈途時過猶能澤萬枯引領幾疑天雨粟驚心真已米如珠花前雁後思何限月色灯光景未殊最是老

046

梅能耐冷朝來添得幾分腴

冰如手書陽明先生答聶文蔚書及余所作述懷詩合為長卷繫之以辭因題其後時為中華民國三十年四月二十四日距同讀傳習錄時已三十三年距作述懷詩時已三十二年矣

我生失學無所能不望為釜望為薪曾特炊飯作淺譬所恨未得飽斯民三十三年叢患難餘生還見滄桑換心似勞薪漸作灰身如破釜仍數爨多君黽勉證同心撫事傷時殆不任縱橫憂患今方始敢說操危慮亦深

四五

冰如以盧子樞所畫長卷見贈因題其後

幼讀淵明詩每作山林想北江幽絕處

四六

047

一舸數來往他年任耕稼於此得片壤盡將青與綠一一納尋丈閒來取書讀便在羲皇上弱冠攖世變此樂不敢望崎嶇塵土中舉步即羅網偶逢佳山水耳目始一放蹉跎將六十人事益搶攘登臨久已廢歸夢餘惝怳蟄居不出戶自詭因鞅掌屋梁風雨夕白首空自仰孟光有深意把卷邀共賞青山千萬疊茅屋著三兩苕苕俯洲渚翳翳傍林莽依依見樵蹤隱隱聽漁唱蒼茫煙水外天地忽開朗川原相秀發雲日同瀠蕩有如歷三峽山盡見夷曠揚帆泝曲江晚翠接朝爽誰歟香光筆墨意清且暢喚起兒時事高詠眾山響拊手成啞然畫餅真可餉

四六

六月十四日為方君瑛姊忌辰舟

四七

048

中獨坐愴然於懷並念曾仲鳴弟
又向天涯贖此身飛來明月果何因孤
懸破碎山河影苦照蕭條覊旅人南去
北來如夢夢生離死別太頻頻年年此
淚真無用路遠難回墓草春

為榆生題吳湖帆畫竹册
颯然英氣出蕭森尺幅中存萬里心供
向齋頭同寶劍聽他風雨作龍吟

四七

初秋偶成
玉樓銀漢兩無塵一雨能令宇宙新草
木漸含秋氣息川原初拓月精神放懷
已忘今何世顧影方知子此身愈近天
明人愈寂雞聲迫遞不嫌頻
風雨縱橫欲四更映空初見月華明重
懸玉宇瓊樓影盡息金戈鐵馬聲險阻
艱難餘白髮河清人壽望蒼生愁懷起

四八

049

落還如海卻羨煙帆自在行

八月二日乘飛機至廣州留七日
別去飛機中作三絕句寄冰如
一鶴遙從萬里歸劫餘城郭倍依依煙
雲休作空濛態淚眼元知入望微
纔作孤鴻海上來飛飛又去越王台山
川重秀非無策共蒔丹心不使灰
年年地北與天南憂患人間已熟諳未

四八

敢相逢期一笑且將共苦當同甘

菊
菊以隱逸稱殆未得其似志潔而行芳
靈均差可擬生也不逢時落葉滿天地
枝弱不勝花凜凜中有恃繁霜作煅煉
侵曉色逾美忍寒向西風略見平生志
一花經九秋未肯便憔悴殘英在枝頭
抱香終不墜寒梅初破萼已值堅冰至

四九

050

相逢應一笑異代有同契

鉛盦出示易水送别圖中有予舊日題字並有榆生釋戡兩詞家新作把覽之餘萬感交集率題長句二首

酒市酣歌共慨慷況茲揮手上河梁懷才蓋聶身偏隱授命於期目尚張落落死生原一瞬悠悠成敗亦何常漸離筑繼荊卿劍博浪椎興人未亡

少壯今成兩鬢霜畫圖重對益傍徨生慚鄭國延韓命死羨汪錡作魯殤有限山河供墮甑無多涕淚泣亡羊相期更聚神州鐵鑄出金城萬里長

四九

五十

菊花絕句

一體兼眾芳極妍與盡態惟有金石心凜凜常不改

051

梅花絕句

梅花有素心雪月同一色照徹長夜中遂令天下白

辛巳除夕寄榆生

梅花如故人闊歲輒一來來時披素心雪月同皚皚水仙性狷潔亦傍南枝開忍寒故相待豈意春風迴

五十

疏影

菊

行吟未罷乍悠然相見水邊林下半塲東籬淡淡疏疏點出秋光如畫平生絕俗違時意卻對我一枝瀟灑想淵明偶賦閒情定為此花縈惹正是千林脫葉看斜陽闃寂山色全赭莫怨荒寒木末芙蓉冷艷疏香相亞不同桃李開花

五十一

052

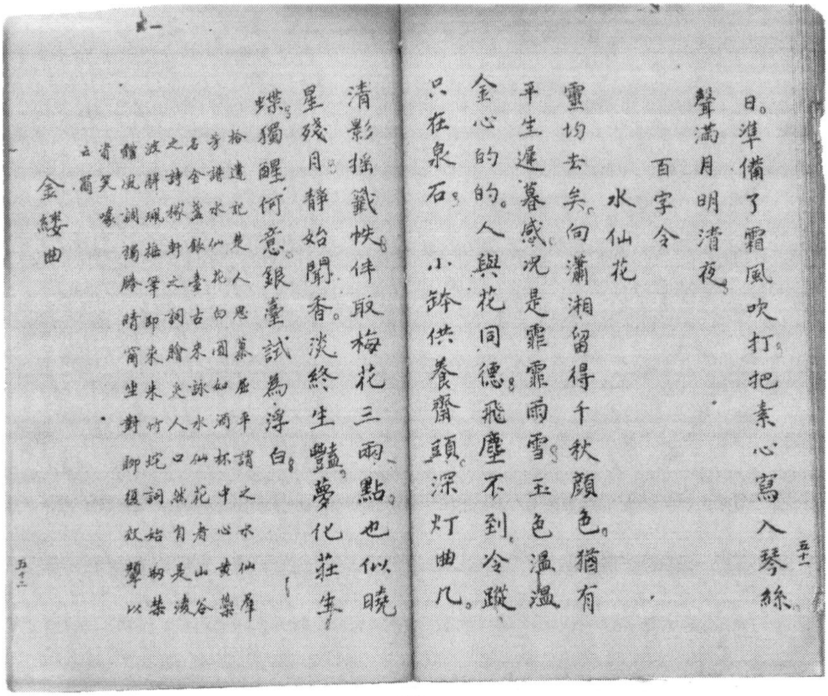

日。準備了霜風吹打。把素心寫入琴絲
聲滿月明清夜。

百字令
水仙花

靈均去矣。向瀟湘留得千秋顏色。猶有
平生遲暮感。況是霏霏雨雪。玉色溫溫
金心的的。人與花同德。飛塵不到冷蹤
只在泉石。小缽供養齋頭。深灯曲几。

五十一

清影搖籤帙。伴取梅花三兩點。也似曉
星殘月。靜始聞香。淡終生豔。夢化莊生
蝶。獨醒何意。銀臺試為浮白。

拾遺記是人思慕屈平謂之水仙羣芳譜水仙花白圓如酒杯中心黃蘂名金盞銀臺古來詠水仙花者山谷之詩娜對之詞膾炙人口然自吳遠波群珮搖筆卿來朱竹坨詞始柳禁館凝調獨勝晴窗坐對卿復欲擘以資笑噱云蜀

金縷曲

五十二

053

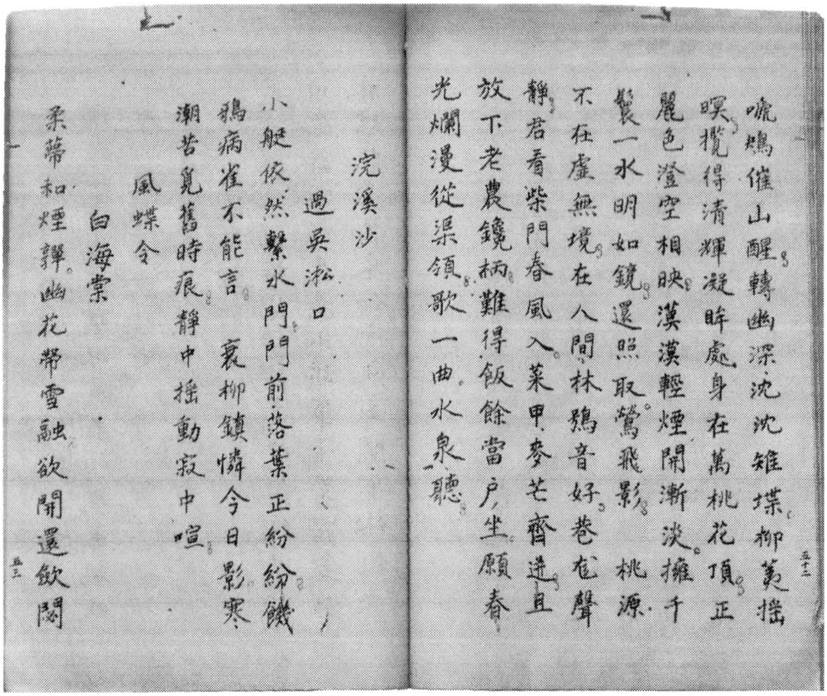

嚧鳩催山醒。轉幽深。沈沈雉堞。柳萬搖
暝。攬得清輝凝眸處。身在萬桃花頂。正
麗色澄空相映。漠漠輕煙開漸淡。擁千
鬟一水明如鏡。還照取驚飛影。 桃源
不在虛無境。在人間林鴉音好。巷尨聲
靜。君看柴門春風入。菜甲麥芒齊迸。且
放下老農鑱柄。難得飯餘當戶坐。願春
光爛漫從渠領。歌一曲。水泉聽。

五十三

浣溪沙
過吳淞口

小艇依然繫水門。門前落葉正紛紛。鐵
鴉病雀不能言。 衰柳鎮憐今日影。寒
潮苦覓舊時痕。靜中搖動寂中喧。

風蝶令
白海棠

柔蒂和煙彈。幽花帶雪融。欲開還斂闔

五十四

054

芳容得似蝤蠐緻。俛意惺忪。格澹光
彌豔神清態轉。穠珠簾不約晚來風吹
起一庭香月照玲瓏
五三

百字令
流徽榭即事

春風桃李比梅花時節多些。芳綠浩浩
川原錚窈窕。是處山邱華屋。草露含滋。
林煙散暈。萬象如膏沐。玉闌干外。柳絲

初裊晴旭。　日暮窮巷牛羊。畫堂燕雀。
各自尋歸宿。留得蒼然山色在。領取个
間幽獨。潭水悠悠。落霞嫋嫋。樹影重重
覆。低頭吟望。疎鐘已動靈谷。

百字令
春暮郊行

茫茫原野。正春深夏淺。芳菲滿目。蓄得
新亭千斛淚。不向風前棖觸。渲碧波恬
五十四

浮青峯軟。煙雨皆清淑。漁樵如畫天真
只在茅屋。　堪歎古往今來無窮人事
幻此滄桑局。得似大江流日夜。波浪重
重相逐。劫後殘灰。戰餘棄骨。一例青青
覆。鵑啼血盡。花開還照空谷。
五十四

憶舊遊
落葉

歎護林心事。付與東流。一往淒清無限

留連意。奈驚飆不管。催化青萍已分去
潮俱渺。回汐又重經。有出水根寒。孥穿
枝老。同訴飄零。　天心正搖落。算菊芳
蘭秀。不是春榮。摵摵蕭蕭裏。要滄桑換
了。秋始無聲。伴得落紅歸去。流水有餘
馨。儘歲暮天寒。冰霜追逐千萬程。

金縷曲

綠遍池塘草。用梅屋詞句影書　更連宵淒其風
五十五

雨萬紅都渺寡婦孤兒無窮淚算有青山知道早染出龍眠畫稾一片春波流日影過長橋又把平堤繞看新塚添多少　故人落落心相照歎而今生離死別總尋常了馬革裹尸仍未返空向墓門憑弔只破碎山河難料我亦瘡痍今滿體恐須臾一見欃槍掃逢地下雨含笑

五十五

虞美人

空梁曾是營巢處零落年時侶天南地北幾經過到眼殘山賸水已無多，夜深案牘明灯火闇筆淒然我故人熱血不空流挽作天河一為洗神州

滿江紅

驀地西風吹起我亂愁千疊空凝望故人已矣青燐碧血魂夢不堪關塞闊瘡

五十六

057

痍漸覺乾坤窄便劫灰冷盡萬千年情猶熱　煙斂處鍾山赤雨過後秦淮碧似哀江南賦淚痕重濕邦殄更無身可贖時危未許心能白但一成一旅起從頭無遺力

五十六

滿江紅　庚辰中秋

一點冰蟾便做出十分秋色光滿處家家愁羃一時都揭世上難逢乾淨土天心終見重輪月歎桑田滄海亦何常圓還缺　雁陣杳蛩聲咽天寥闊人蕭瑟對無邊衰草若縈戰骨挹取九霄風露冷滌來萬里關河潔看分光流影入疎巢烏頭白

虞美人　庚辰重陽前三日方君璧妹在

五十七

058

南京書肆中得滿城風雨近重
陽圖蓋前歲旅居漢皐時懸之
齋壁者為題二詞於其右
迴遭風雨城如斗淒愴江潭柳昔時曾
此見依依爭遣如今憔悴不成絲等
閒歷了滄桑劫楓葉明於血卻憐畫筆
太纏綿妝點山容水色似當年
秋來彫盡青山色我亦添頭白獨行踽 五十七

踽已堪悲況是天荊地棘欲何歸 閑
門不作登高計也攬茱萸涕誰云壯士
不生還看取筑聲椎影滿人間

浣溪沙

廣州家園中作

英石嵒嵒俛畫闌觀音竹映小盆山餘
生還得故園看 橄欖青於鐵者面 木
棉紅似戰時瘢尚存一息未應閒
五十八

059

邁陂塘

二十九年十一月一日晚飯時
家人忽以杯酒相屬問之始知
為五年前余為賊所斫不死而
設也因賦此詞
歎等閒春秋換了燈前雙鬢非故艱難
留得餘生在纔識餘生更苦休重溯算
刻骨傷痕未是傷心處酒闌爾汝問搔 五十八

首長吁支頤默坐家國竟何補 鴻飛
意豈有金丸能懼脩脩猶賸毛羽誓窮
心力迴天地未覺道途修阻君試數有
多少故人血作江流去中庭踽踽聽殘
葉枝頭霜風獨戰猶似喚耶許

木蘭花慢

某君有輟絃之感賦詞見示依
調慰之
五十九

060

人生何所似。似渴驥湧奔泉。歎一曲清泓。無窮況味。甘苦鹹酸。幾番醉醒。未了。早滔滔哀樂。迫中年。俠骨英雄結納。情腸兒女纏綿。蕭然落日照烽煙。夜枕綠沈眠。又孤夢初回。淋鈴悽韻。和入鶯弦。鐙前尚留倩影。對丹心。華髮耿相憐。離合從來一瞬。至情無間人天。

金縷曲 一

五十九

三十年六月二十三日余晤宮崎夫人於日本東京承以民報時代照片見貽蓋丙午之秋革命軍在萍鄉醴陵失敗後余將偕黃克強赴廣州謀再舉行前一日在民報社庭園內所攝克強倚樹而坐宮崎夫人之姊氏立於其左余立於其後在余之

六十

061

右者為林時塽再右為魯易為章太炎為何天炯凡七人今存者余一人而已把覽之餘萬感交集為題金縷曲一闋護林殘葉忍辭枝時塽詩句斷指謂克強也。

小聚秋聲裏。近黃昏籬花搖暝。庭柯彫翠。殘葉辭枝良未忍。耿耿護林心事。正

六十

嗚咽風蕭易水。三十六年真電掣。賸畫圖相對渾如寐。誰與攬澄清轡。故人各了平生志。早一坏黃花嶽麓。心魂相倚。為問當時存者幾。落落一人而已。又華髮星星如此。賸水殘山嗟滿目。便相逢勿下新亭淚。為投筆。歌斷指。

水調歌頭

辛巳中秋寄冰如

六十一

062

六十一

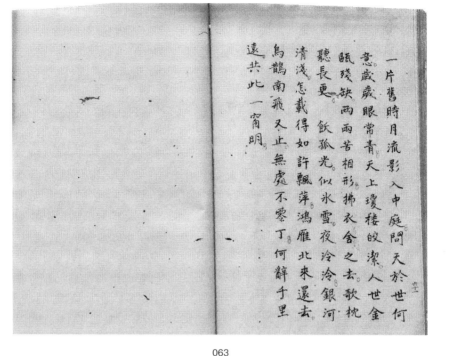

一片舊時月，流影入中庭。問天於世何意，歲歲眼常青。天上瓊樓皎潔，人世金甌殘缺，兩兩苦相形。拂衣舍之去，欹枕聽長更。　飫孤光，似冰雪，夜泠泠。銀河清淺，怎載得如許飄萍。鴻雁北來還去，烏鵲南飛又止，無處不零丁。何辭千里遠，共此一窗明。

063

雙照樓詩詞未刊稿

六十生日口占

六十年無一事成，不須悲慨不須驚。尚存一息人間世，種種還如今日生。

句芍藥花

鄰澤丹鉛總莫加，轉於狷潔見風華。嫌名若不嗔唐突，合上徽稱綽約花。

讀史

六十二

064

竊油燈鼠貪無止飽血帷蚊重不飛千
古狥財如一轍然臍還笑董公肥

題畫 方君璧作任重致遠圖

負山于背重千鈞足趾沾泥衣著塵跋
涉艱難君莫歎獨行踽踽又何人

題畫 方君璧作黃山雲海圖

松籟蕭騷響上頭下看人世晚悠悠千
巖萬壑如波浪欲放乘風一葉舟

六十二

為曼昭題江天笠屐圖

笠屐翛然似放翁江天魚鳥亦從容盤
空黑羽頻捎月躍水赬鱗欲化虹別浦
燈光深樹裏歸舟人語淡煙中畫圖但
潮兒時樂嗟爾披吟淚滿胸

石頭城晚眺

廢堞荒壕落葉深寒潮咽石響俱沈一
聲牧笛斜陽裏萬壑千巖盡紫金

六十三

065

春暮登北極閣

近檻波光照我襟棲霞牛首遠中尋湖
山自鬱英雄氣原隰終興急難心風定
落紅依故砌雨餘高綠發新林低徊未
忍褰衣去坐待冰蟾破夕陰

方君璧妹自北戴河海濱書來云
海波蕩月狀如搖籃引申其語作
為此詩

海波如搖籃皓月如睡兒籃搖睡更穩
偃仰隨所之凝碧清且柔湛若盤中飴
微風作吹息漾漾生銀漪疇昔喻素娥
有類母中慈今也兒中孝形影長不離
青天靜無言周遭如幔帷殷勤與將護
勿遣朝寒欺

壬午中秋夜作

明月有大度於物無不容妍醜雖萬殊

六十四

066

納之清光中江山既輝媚塵土亦清空
花木既明瑟灌莽亦蒽蘢城郭千萬家
闤山千萬重縞潔揚其暉緇磷汩其蹤
化瑕以為瑜無異亦無同玉宇在人間
悠哉此一逢孰云秋已半春氣何冲融
願言生六翮浩蕩揚仁風

秋夜即事

月輪冉冉御天風萬瓦新霜皎皎同樹 六十四
影滿庭人不語秋聲只在碧空中

偶成

新綠涵春雨微寒一院生日光動鳴鳥
清絕是初晴

題三潭印月圖卷

水色澹而空月光皎以潔水月忽相遇
天地共澄澈一月落千波千波各一月
空靈極動盪涵泳歸靜寂我心亦如水 六五

067

印月了無迹願持澹泊姿共勵貞明節 六五
飛機中作時為十二月二十日月
將望故云然

重雲覆海下茫茫上是晴空色正蒼中
有控鸞人一笑東西日月恰相望

惺兒畫牽驢圖戲題其右

驢為哲學家負重無不可四足已蹩躠
一背仍磊砢怡然逢孺子引手釋所荷
牽曳就芻秣自動兩頤朵長勞得少息
此樂吾亦頗泉聲如引睡芳草隨所臥

蠟梅

后山詩句古今傳我更拈花一惆然古
色最宜邀凍石孤標只合耦冰仙淡黃
月色無風夜凝碧池光欲雪天著此數
枝更清絕不辭耐冷立階前

廣東通志蠟石一名凍石
羣芳譜水仙單瓣者名水仙 六十六

068

三十二年三月二十三日在廣州
鳴崧紀念學校植樹樹多木棉及
桂仲鳴沒於三月二十一日次高
沒於八月二十二日適當兩樹花
時也
兩手把樹枝兩淚滴樹根故人不可見
見樹如見人木棉花殷紅桂花皎以潔
想見故人心如火亦如雪花飛還復開
六十六

葉落還復生有如故人心萬古常青青
故人心何在乃在人心裏相愛復相親
故人良未死樹人望成才樹木望成林
收拾舊山河勿負故人心故人若歸來
臨風聞此曲願山蓋以青願水蓋以綠
三月二十六日別廣州飛機中作
此寄恂兒
秦淮綠柳未抽芽南海紅棉已著花四
六十七

069

野春光融作水千山朝氣蔚成霞老牛
含笑看新犢雛鳥多情哺倦鴉乍喜相
逢還惜別卻愁風雨阻行槎
書所見
細密蛛肥踞畫檐兩獒爭胃殿門前瓶
花妥帖鑪香靜始信禪房別有天
偶成
雨後春泥已下鋤一庭芳穢有乘除爐
六十八

灰爆得花生未便與兒童說子虛
即景
月光水色化虛無月是冰心水是壺化
到竹林更清絕竿竿都是碧琳腴
雜詩
文章有萬變導源惟一清欲致雲海奇
先求空水澄澼之不厭純淬之不厭精
未能去蕪穢安在儲菁英星月有昭質
六十九

070

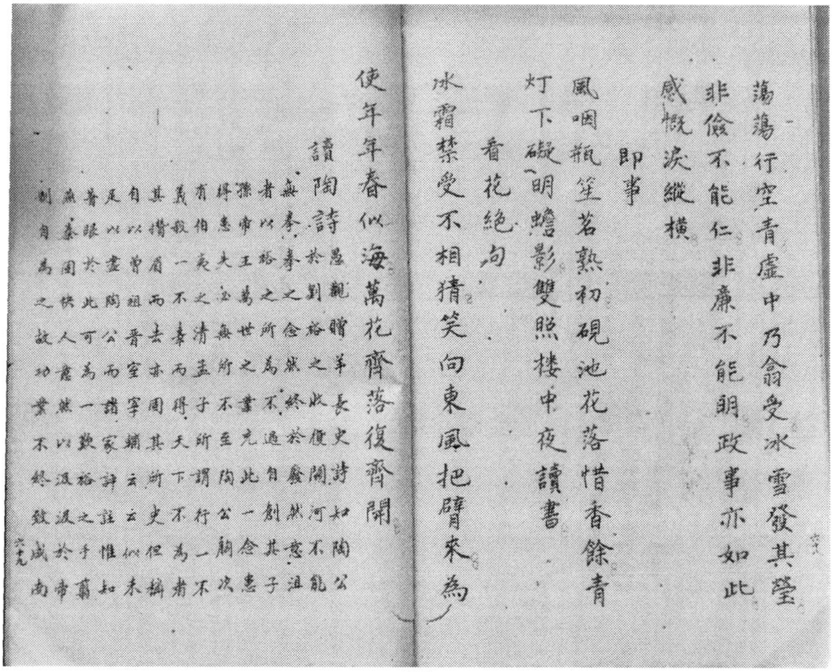

蕩蕩行空青虛中乃翕受冰雪發其瑩
非儉不能仁非廉不能朗政事亦如此
感慨淚縱橫

即事

風咽瓶笙茗熟初硯池花落惜香餘青
灯下磯明蟾影雙照楼中夜讀書

看花絕句

冰霜禁受不相猜笑向東風把臂來為
使年年春似海萬花齊落復齊開

讀陶詩

愚觀贈羊長史詩知陶公於劉裕之收復關河不能無參秦之念然終於發然意沮者以裕之所為不通自劇其子誅帝王萬世之業充此一念惠得忠大公無所不至陶公賴次有伯克之清盖子所謂行一不義敘一不秦而得天下不為肯其揩眉而去亦周其所史但掛自以曾祖晉室寧輔云云似未足以盡陶公而講家詩註惟知晉張於此可為一歎裕之手葛庶秦田供人意然以退退於帝制自為之敘功業不終致成南

071

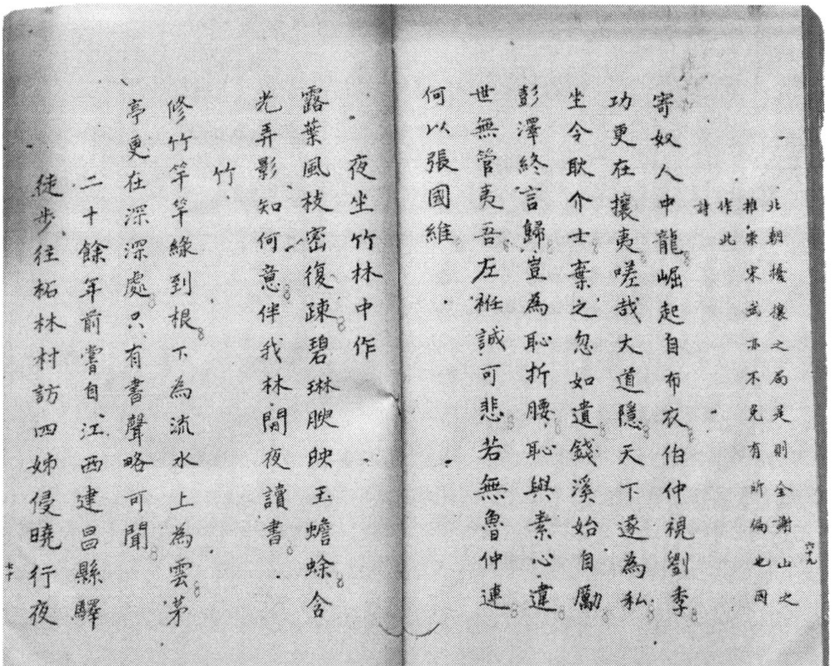

北朝擾攘之局是明全謝山之推崇宋武亦不免有所偏也因作此詩

寄奴人中龍崛起自布衣伯仲視劉季
功更在攘夷嗟哉大道隱天下遂為私
生令耿介士棄之忽如遺錢溪始自勵
彭澤終言歸豈為恥折腰恥與素心違
世無管夷吾左衽誠可悲若無魯仲連
何以張國維

夜坐竹林中作

露葉風枝密復疎碧琳朠映玉蟾蜍含
光弄影知何意伴我林間夜讀書

竹

修竹竿竿緣到根下為流水上為雲茅
亭更在深深處只有書聲略可聞

二十餘年前嘗自江西建昌縣驛
徒步往柘林村訪四姊侵曉行夜

072

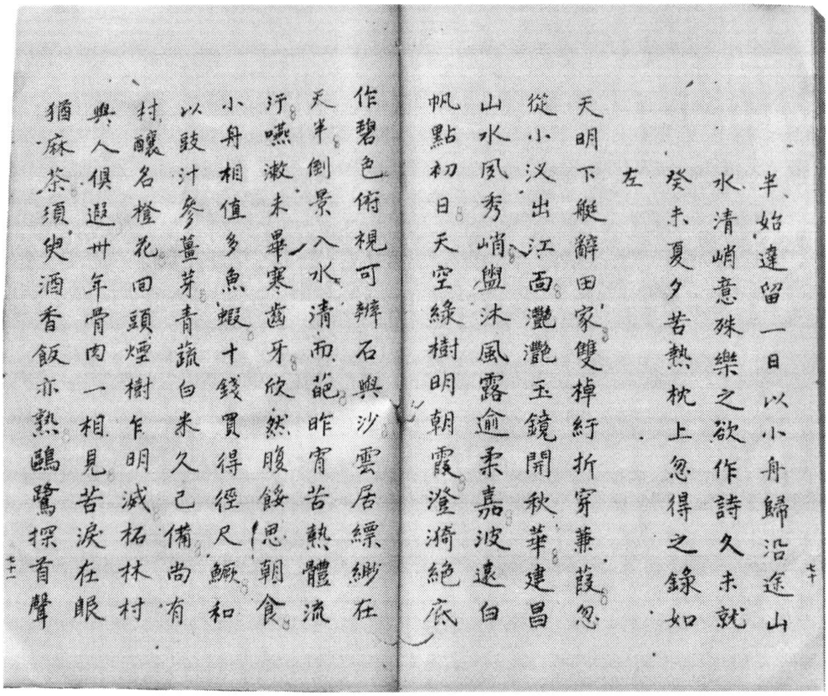

半始達留一日以小舟歸沿途山水清峭意殊樂之欲作詩久未就
癸未夏夕苦熱枕上忽得之錄如左

天明下艇辭田家雙棹紓折穿蒹葭忽從小汊出江面灩灩玉鏡開秋華建昌山水風秀峭盥沐風露逾柔嘉波遠白帆點初日天空綠樹明朝霞瀅滀絕底作碧色俯視可辨石與沙雲居縹緲在天半倒景入水清而葩昨宵苦熱體流汗嗽漱未畢寒齒牙欣然腹餒思朝食小舟相值多魚蝦十錢買得徑尺鱖和以豉汁參薑芽青蔬白米久已備尚有村釀名橙花回頭煙樹乍明滅桕林村與人俱遐卅年骨肉一相見苦淚在眼猶麻茶須臾酒香飯亦熟鷗鷺探首聲

七十　七十一

073

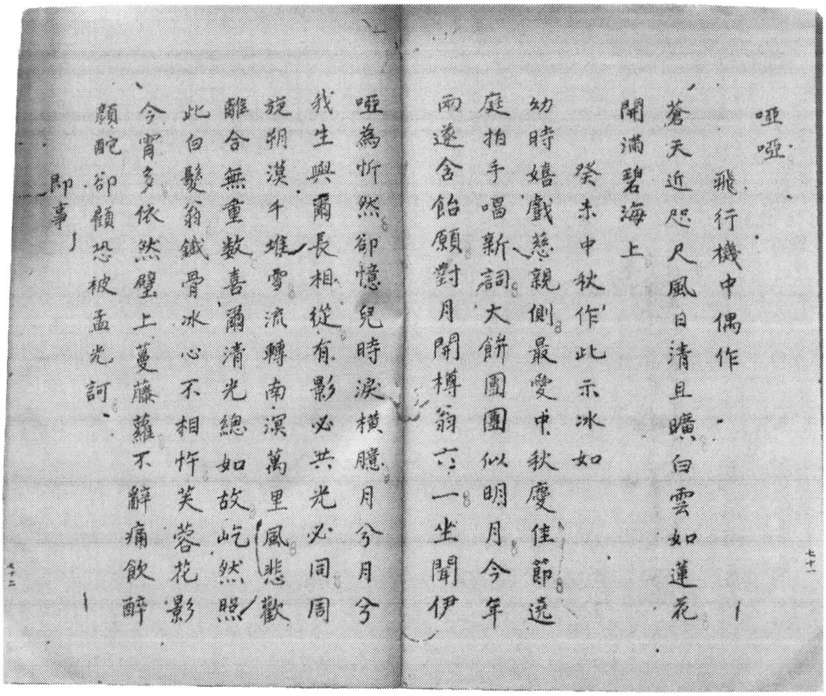

啞啞

飛行機中偶作

蒼天近咫尺風日清且曠白雲如蓮花開滿碧海上

癸未中秋作此示冰如

幼時嬉戲慈親側最愛中秋慶佳節遶庭拍手唱新詞大餅團團似明月今年兩遂含飴願對月開樽翁六一坐聞伊啞為忻然卻憶兒時淚橫臆月兮月兮我生與爾長相從有影必共光必同周旋朔漠千堆雪流轉南溟萬里風悲歡離合無重數喜爾清光總如故屹然照此白髮翁鐵骨冰心不相忤芙蓉花影今宵多依然壁上蔓藤蘿不辭痛飲醉顏酡卻顧恐被孟光訶

即事

七十二　七十三

074

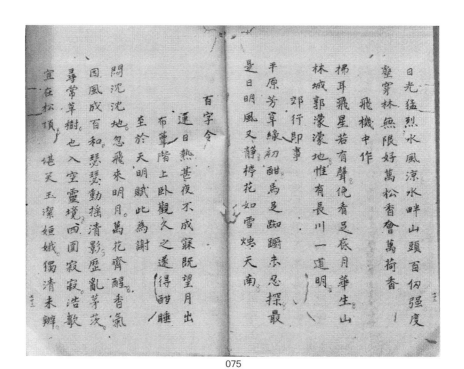

日光猛烈水風涼水畔山頭百仞强度
壑穿林無限好萬松香會萬荷香

飛機中作

拂耳飛星若有聲俛看足底月華生山
林城郭濛濛地惟有長川一道明

郊行即事

平原芳草綠初酣馬足踟躕未忍探最
是日明風又靜楟花如雪炧天南

百字令

運日熱甚夜不成寐既望月出
布葦階上卧觀久之遂得酣睡
至於天明賦此為謝

悶沈沈地忽飛來明月萬花齊醒香氣
因風成百和瑟瑟動搖清影歷亂茅茨
尋常草樹也入空靈境四圍寂寂浩歎
宜在松頂堪笑玉潔姮娥獨清未辨

075

與衆生同病賴有一丸靈藥在化作冷
波千頃蜀犬收聲吳牛止喘美睡從吾
領夢回蛙鼓廣寒仙樂同聽

朝中措

重九日登北極閣讀元遺山詞
至故國江山如畫醉來忘卻興
亡悲不絕于心亦作一首

城樓百尺倚空蒼鴈背正低翔滿地蕭
蕭落葉黃花留住斜陽闌干拍偏心
頭塊壘眼底風光為問青山綠水能禁
幾度興亡

076

鳴謝

《獅口虎橋獄中手稿》建基於因政治緣故入獄之眾人贈予何孟恒的墨寶，何氏於一九四八年三月從老虎橋監獄獲釋後，即帶同這些手稿前往香港，並整理、修復《靖節先生集》，悉心保存，讓我們能於是次出版清晰展示。

我們很感謝本書三十多位作者，他們的作品提供了一道獨特的窗口，引領我們了解現今只有少數人認識的歷史片段。

我們也感謝陳登武教授發人深省的序文，為我們提供了歷史背景；黎智豐博士特別為2024年版《獅口虎橋獄中手稿》增添詳細的導讀；朱安培組織、整理各種文獻，並撰寫編輯前言；陳德漢老師整理釋文；梁基永博士、潘妙蘭老師、陳登武教授、鄧昭棋教授指正；鄭羽雙協助整理材料。

何重嘉
汪精衛紀念託管會

意見回饋

是次問卷旨在收集讀者對本會出版之意見，
所收集資料除研究用途外，或會用於宣傳。感謝參與，
有賴您們支持讓本會出版更好的書！